»Ohne Liebe geht es auch« ist die Geschichte einer Familie über vier Generationen, in der die Lieblosigkeit zu Hause ist. Liebe gibt es weder zwischen Eheleuten noch zwischen den Generationen. Was die Familie zusammenhält, ist lediglich Verlogenheit. »Ohne Liebe geht es auch« beginnt mit dem Ende des Deutsch-Dänischen Krieges in der Hafenstadt Flensburg. Stets geht es auch um die Rivalität zwischen Dänen und Preußen, die abwechselnd die Mehrheit in Nordschleswig bilden. Die Ereignisse bleiben nicht ohne Einfluss auf die Familie, denn ein prominenter Österreicher ist ihr Ahnherr – Erzherzog Ludwig Victor, ein Außenseiter der Habsburger Dynastie. Die Familiengeschichte endet mit dem gefühlskalten Sohn Robert, der ein Bruder im Geiste von Robert Mohwinkel ist, dem Antihelden aus Lorenzens meisterhaftem Roman »Alles andere als ein Held«.

Rudolf Lorenzen wurde 1922 in Lübeck geboren und wuchs in Bremen auf. Seit 1955 lebt er als freier Schriftsteller in Berlin. Er veröffentlichte bislang vier Romane und zahlreiche Arbeiten für Zeitschriften, Rundfunk und Fernsehen. Im Verbrecher Verlag erscheint seit 2007 eine Werkschau von Rudolf Lorenzen. Bisher erschienen: »Alles andere als ein Held«, Roman (2007), »Die Beutelschneider«, Roman (2007), »Bad Walden«, Roman (2008) und »Kein Soll mehr und kein Haben«, Erzählungen (2007), »Paradies zwischen den Fronten«, Reportagen und Glossen (2009).

RUDOLF LORENZEN

OHNE LIEBE GEHT ES AUCH

Roman

VERBRECHER VERLAG

Erste Auflage
Verbrecher Verlag Berlin 2010
www.verbrecherei.de

Lektorat: Konrad Krämer
Einbandentwurf: Sarah Lamparter
Satz: Christian Walter

ISBN: 978-3-940426-60-4

Printed in Germany

Der Verlag dankt Doris Formanek und Rima Hussein.

I. Ein Papagei, noch ohne Namen

Die kleine Hafenstadt Belém do Pará im Delta des Amazonas hatte ihre Bedeutung aus portugiesischen Kolonialtagen längst verloren. Einst ein Handelsplatz für Rohstoffe aus Amazonien, herrschte nun im brasilianischen Kaiserreich in der Folge einschneidender Zollpolitik eine Wirtschaftskrise.

Der Hafen war verwaist, die Schuppen träumten nur noch von der Einlagerung klebriger Kautschuk-Ballons und den Stapeln verharzter Edelhölzer. Die Kräne an der Mole hatten ihr Kreischen schon vergessen, die Duckdalben lange nicht mehr die Taue um ihre Hälse gespürt. In den Listen des Hafenamts konnten die Liegegebühren der wenigen Schiffe längst auch ohne Rechenmaschinen von alten Buchhaltern im Kopf addiert werden.

Den Rückgang der Konjunktur spürte auch der französische Einwanderer Emile Beaucaire, der in der Rua Rudrigues Alves eine kleine Zoohandlung unterhielt, die bekannt war für ein reichhaltiges Angebot von Papageien.

Seine Kunden waren vorrangig Matrosen der weltweiten Handelsmarine, die die Tiere, in ihren Kajüten versteckt, teils legal, teils illegal nach Europa schmuggelten und sie in den Hafenstädten von Antwerpen bis Kopenhagen zu überhöhten Preisen verkauften, um so ihre Heuer aufzubessern.

Nun lagen von Woche zu Woche weniger Frachter an den

Quais, und auch auf diesen stiegen zunehmend Seeleute aus dem Geschäft aus, diktiert von steigenden Zöllen und verschärften Gesundheitsauflagen sowie vom Wechsel der Mode zum raumsparenden Harzer Roller in den engen Städten der Alten Welt.

Beaucaire würde den Handel aufgeben, zurück nach Paris reisen, um sich später mit der Publikation von Reiseliteratur eine neue Existenz aufzubauen. Die Koffer waren gepackt, die letzten Telegramme aufgegeben, die Passage nach Le Havre gebucht.

Nun hieß es für Emile Abschied nehmen von der farbigen Welt der Tropen und ihren bunt gefiederten Tieren, und es hieß einsteigen in das graue Paris und die papiergraue Welt der Bücher.

März 1864. Ein letzter morgendlicher Spaziergang führte Emile Beaucaire in den Hafen. Er bemerkte die Ankunft eines Dampfseglers, rot-weiß-rot beflaggt, mit dem ungewöhnlichen Heimathafen Triest, ablesbar am Heck der luxuriösen Fregatte. Irgendwo hatte Beaucaire gelesen, daß Österreicher, die reisen, nur aus den höchsten Kreisen kommen konnten. Noch ahnte er nicht, daß dieses Schiff ihm seinen letzten Kunden bringen würde.

Und da trat er schon in den Laden, ein hochgewachsener Herr mit Vollbart, zivil gekleidet wie in einer Uniform, oder anders gesehen: uniformiert, als trüge er einen Anzug. Ihm folgte ein Maat im schlichten Dress des Matrosen.

Der Maat stellte den Kunden vor: »Seine kaiserliche Hoheit,

Erzherzog Ludwig Maximilian aus dem Hause Habsburg, der jüngere Bruder des Kaisers von Österreich.« Er selbst sei seine Ordonanz, Wenzel Woselak, Maat auf der SMS Novara unter Kapitän Tamaro.

Der Zoohändler begrüßte ehrerbietig den hohen Gast. Der glaubte, seine Reise zu diesem, wie es schien, willkürlichen Ort erklären zu müssen. »Wir sind mit der Novara auf einer wissenschaftlichen Expedition, wir kamen aus der Südsee, umschifften nach einem Zwischenstop in Valparaiso das Kap Hoorn und folgten alsdann dem Kurs nach Norden entlang der Ostküste des Kontinents. Belém ist die letzte Station, dann heißt es auf der Route der Pflicht über die Azoren heim nach Triest.«

»Ja, Sie müssen nach Hause«, unterbrach Emile Beaucaire seinen Kunden, »ich las es im Figaro: Die Donaumonarchie befindet sich im Krieg.« Verständnislos sah er den Erzherzog an. Und waren es nun die Verwirrungen der Lebensumstellung, war es das merkwürdige Auftreten des Erzherzogs – es riß ihn fort: »Ausgerechnet gegen Dänemark! Da fragt sich doch alle Welt, was ein Alpenland so hoch im skandinavischen Norden verloren hat.«

»Wir sind nur die Waffenbrüder Preußens«, beendete Erzherzog Maximilian das in politische Spekulation abgleitende Geplauder, »in die Heimat zwingt mich jedoch weder kriegerischer Druck noch Bündnistreue, nach Hause führt mich lediglich eine familiäre Pflicht.«

Kaum hatte der Erzherzog diesen Satz ausgesprochen, wandte sich die Ordonanz Wenzel Woselak ab, die Familienprobleme seines Herrn hatten ihn nicht zu interessieren, und auch die junge Gehilfin der Zoohandlung, Mademoiselle Natalie, spürte, daß die Intimitäten eines herrschaftlichen Hauses nicht für ihr Ohr bestimmt waren, sie verließ den Verkaufsraum und begab sich ins Lager.

»Ich muß mich um meinen kleinen Bruder kümmern«, fuhr der Erzherzog der eingeschränkten Zuhörerschaft zum Trotz fort, »Ludwig Victor, den Jüngsten von uns vier Geschwistern. Er wird im Mai zweiundzwanzig, und er lebt noch immer ohne Frau und Kinder.« Und weiter mit gedämpfter Stimme: »Es ist zu vermuten, daß er auch fernerhin ohne Familie bleiben wird...« Dann wieder laut: »Da kam mir der Gedanke, ihn als Mitbringsel von meiner Tropenreise mit einem Papagei zu überraschen. So ein munteres Tier wird ihm zwar nicht gerade die Ehefrau ersetzen, doch wenigstens akustisch den Lärm eines Familienlebens imitieren.«

Der Zoohändler nahm hinter dem Tresen einen großen weißen Vogel von der Stange und präsentierte ihn auf dem Unterarm dem Erzherzog. »Es ist ein weißer Edellori, ein Weibchen, frisch aus Santarem, liebenswürdig und sprachbegabt, bar jeder Heimtücke und Beißlust. Ein typischer Stubenvogel.«

Hinter dem Rücken des Kunden gab Beaucaire der Gehilfin Natalie heimlich ein Zeichen, die Volière mit den Wellensittichen im Lager verschwinden zu lassen. Er schämte sich zwar nicht für das Kleinvieh, wollte aber mit dieser billigen Ware die Entscheidungsfreudigkeit des vornehmen Kunden nicht herausfordern.

Dieser hatte sich inzwischen einem bunten Vogel in Rot und Blau zugewandt, der ihm jedoch jeglichen Kontakt verweigerte. »Das ist ein Borstenkopf, etwas melancholisch und wortkarg, außerdem ein Männchen.« Maximilian wehrte ab. Männchen gab es im Hause des Bruders genug. »Nein, jetzt ist er endlich mal reif für einen weiblichen Kontakt«, rief der Erzherzog aus und ergänzte berauscht: »Schön laut und schön lustig! Ich brauche so eine richtige Femme fatale der gefiederten Welt.«

Indessen hatte der Maat den Kauf entschieden, er kannte sich mit exotischen Tieren aus, als junger Matrose der Handelsmarine war auch er im Geschäft des Papageienschmuggels tätig gewesen. Er blieb entschlossen vor dem weiblichen Edellori stehen, ließ sich seine Wahl durch ein Nicken des plötzlich seiner Geschwätzigkeit wegen verstummten Erzherzogs absegnen und wies ihm mit einem zugleich gekauften Bauer sein künftiges Heim zu. Der Maat dachte zudem an das Futter für die Zeit des Transports: Hirse, Hanf, Mais, ein paar Beerenfrüchte, etwas Honig. Er wußte, wie man sich in ein Vogelherz einschmeichelte. Beaucaire schließlich empfahl noch einen Wetzstein gegen die Langeweile der Seereise.

Abschließend fragte Wenzel Woselak seine neue Begleiterin nach ihrem Namen, bekam als Antwort allerdings nur ein unverständliches Krächzen.

»Wir nennen sie vorerst einmal Samba«, übersetzte der Händler.

»Samba ist ungeschickt«, meinte der Maat, »ein Name mit zwei A verleitet geradezu zum Krächzen.«

Der Erzherzog trat hinzu und beendete die fruchtlose Diskussion. »Lassen Sie es gut sein, Wenzel, unser Erzhaus ist mit der Vergabe von Titeln wie auch Namen nicht verlegen.« Er mahnte zum Aufbruch, der Maat bezahlte und verließ mit dem Papagei im Bauer, gefolgt vom Erzherzog, die Zoohandlung in der Rua Rudrigues Alves.

An Bord der Norara begab sich Maximilian gleich in den Salon, der auch als Offiziersmesse diente. Dort warteten an der Tafel der Commandante der Expedition, Wüllershoff-Urbain, zwei Naturwissenschaftler der Universität Wien, der Tagebuchschreiber und Tamaro, der Kapitän der Novara. Am Ende der Tafel hockten der Ladeoffizier und ein Inspektor des brasilianischen Zollamts über Ladelisten.

Erst als diese den Salon verließen, brachte der Maat den Papagei herein und stellte den Käfig mit großer Geste auf den Tisch. »Es ist ein Edellori, in der Zoohandlung nannten sie den Vogel Samba.«

Die Gesellschaft lobte den Erzherzog für den guten Kauf. »Ein prächtiges Tier! Nur der Name ist reichlich einfältig.« Darüber waren sich alle einig.

Der Tagebuchschreiber wagt sich vor: »Vielleicht sollte man den Namen des Tieres mit Österreich in Verbindung bringen, mit der ruhmreichen Geschichte des Erzhauses. Was halten Sie von Franz?«

Dieser törichte Vorschlag erntete von allen Seiten Widerspruch. »Auch in Franz gibt es ein A, das zum Krächzen verleitet.«

»Und am Ende singt dann das Tier auch noch unsere Hymne«, warf Wüllershoff-Urbain ein.

Die beiden Naturwissenschaftler stimmten mit dem Tagebuchschreiber persiflierend in die Melodie ein und sangen: »Gott erhälte Fränz den Käiser, unseren guten Käiser Fränz ...«

Sofort gebot der Commandante mit einem entschiedenen Wink der rechten Hand Einhalt, denn das war eine Verhöhnung nicht nur des Hauses Habsburg, ja der gesamten Donaumonarchie. Überhaupt, fand Wüllershoff-Urbain, hatte sich in den vergangen Wochen eine unakzeptable Respektlosigkeit an Bord breitgemacht. Er fühlte sich wie unter Republikanern.

Die Wissenschaftler schwiegen beschämt. Einer der beiden bemühte sich, den peinlichen Fauxpas zu überspielen und hob zu einem umständlichen Vortrag über die Verbreitung der Papageien an: »Fossilien von Papageien aus dem Miozän, beziehungsweise von papageiähnlichen Vögeln aus dem Eozän, belegen, daß diese ursprünglich auch in Europa vorkamen ...«

Der andere Wissenschaftler merkte, wie sehr das Thema die Gesellschaft langweilte, er unterbrach seinen Kollegen und gab eine Schnurrpfeiferei zum besten: »Erinnern Sie sich noch, Hoheit, wie wir Sie in Papeete auf Tahiti aus dieser elenden *boutique de fripier* retten mußten, wo Ihnen ein schmieriger vendeur so einen gerupften Vogel verkaufen wollte?«

Der Maat erinnerte sich an Details: »Der Händler war ein alter Seeräuber.«

Doch der Erzherzog berichtigte ihn: »Es war ein Chinese und ich erinnere mich deutlich, wie dieser mir einen Ara anbot mit den Worten: Monsieur, un excellent Ala.«

Der Zoologe schien das Tier noch vor sich zu sehen: »Das war weder Ara noch Ala, es war eine unglückliche Kreuzung zwischen einem Paradiesvogel und einer Möwe.«

Der Commandante glaubte, diese für den Erzherzog ebenfalls etwas blamable Geschichte beenden zu müssen und meinte ernsthaft: »Einen Papagei kauft man weder beim Seeräuber noch beim Chinesen, schon gar nicht auf Tahiti.«

Nach diesen Worten waren alle froh, daß der Kapitän spontan die Route geändert hatte, um im Amazonasdelta nun diesen professionellen Einkauf zu ermöglicht zu haben.

»Doch wollen wir nicht die Suche nach einem Namen für unseren Edellori vergessen«, hieß es dann in der Runde.

Das wurde jedoch vom Kapitän abgeblockt: »Pardon, Hoheit, soll doch Ihr Herr Bruder selbst über einen Namen nachdenken.«

Der Erzherzog wischte diese Idee schnell beiseite: »Dem fällt doch keiner ein.«

In die verlegene Stille hinein meldete sich der Maat: »Ich hatte mitbekommen, daß die junge französische Gehilfin den Namen La Blanche aussprach, vom Ladenbesitzer jedoch sofort angehalten wurde, den Mund zu halten. Offensichtlich störte ihn der französische Name in Unkenntnis der derzeitigen politischen Konstellation zwischen dem Kaiser von Österreich und dem Kaiser der Franzosen.«

In der Runde überschlugen sich die Zustimmungen: »Blanche, ja das ist es!« Alle lobten überschwänglich den Maat. Der kam sich mit einem Mal sehr wichtig vor. Vielleicht würde er dekoriert, vielleicht auch befördert zum Obermaat oder gar zum Bootsmann.

Erzherzog Maximilian erriet die Träume seiner Ordonanz und, beglückt durch die glückliche Namensfindung, überraschte die Runde: »Nicht etwa mit Obermaat oder Bootsmann, Wenzel! Ich werde Sie zum Leutnant zur See vorschlagen.«

Wenzel Woselak konnte es nicht fassen. Einmal einen Namen für einen Vogel gefunden, und schon war man Offizier.

Doch ging es bei dieser sprunghaften Beförderung nicht eigentlich um den einfachen Maat. Der Erzherzog dachte dabei einzig an den Papagei. Er mußte verhindern, daß das edle Tier später auf der heimatlichen Eisenbahn ab Triest, begleitet nur von einem subalternen Dienstgrad, womöglich in der III. Klasse reisen mußte. Denn in keinem Kulturstaat Europas war es erlaubt, daß ein gemeiner Soldat, ja selbst ein Unteroffizier oder ein Feldwebel, auf der Polsterbank der II. oder gar der I. Klasse Platz nehmen durfte, gleich, welche Kostbarkeit er auch beförderte. Und das konnte der Erzherzog in diesem Fall nicht zulassen.

Zuvor, auf der Schiffsreise von Belém nach Triest, stellte sich ein derartiges Problem nicht. Kapitän Tamaro wies Wenzel Woselak, obgleich noch behelfsmäßig mit dem Rangabzeichen eines Leutnants dekoriert, eine geräumige Kabine zu, sodaß die Ordonanz den Vogel aus seinem Bauer entlassen und ihm den freien Flug im Raum ermöglichen konnte.

Wenzel Woselak genoß es. Störend empfand er es jedoch, daß alle halbe Stunde sein Herr vor der Kabine erschien und den Kopf durch den Türspalt schob, um zu kontrollieren, ob seine Ordonanz auch ja das Bullauge geschlossen hielt. Der halbe Leutnant erlaubte sich eine Despektierlichkeit und verbat sich die Einmischung. »Hoheit, das ist nicht mein erster Vogeltransport. Und selbst bei versehentlich geöffnetem Fenster würde der Papagei nie entweichen. Angesichts der unendlichen Weite des Meeres da draußen wäre ihm bewußt, daß er ohne seinen Freund keine Überlebenschance hätte.« Mit dem Wort Freund lockte die Ordonanz den frei flatternden Vogel zu einer Ruhepause auf seinen ausgestreckten Unterarm. Im selben Augenblick erschrak Wenzel Woselak über seine Freimütigkeit.

Doch der Erzherzog verstand die Geste und zog sich zurück. Er war froh, seinerzeit diesen Matrosen für seine Bedienung gewonnen zu haben. Wie stünde er heute da bei dieser heiklen Mission, ohne die Praxis und den Verstand des jungen Böhmen?

Am Bahnhof von Triest erkannte der Schaffner seinen hohen Fahrgast sofort und öffnete dem begleitenden Marineleutnant die Tür zu einem Abteil I. Klasse. »Kaiserliche Hoheit, Ihr Leutnant und seine zarte Fracht bleiben auf der Fahrt ungestört. Sie müssen auch nicht umsteigen, in Villach trennen wir den

Waggon ab und koppeln ihn an den Zug nach Salzburg.« Der Schaffner salutierte, schloß die Abteiltür hinter dem Leutnant und hängte außen eine Tafel vor das Fenster, die »Besetzt« verkündete.

Der Erzherzog nickte zufrieden. Für einen Moment noch sah er dem kurz darauf abfahrenden Zug hinterher. Dann wandte er sich seinen Begleitern und also wieder ganz seinen Geschäften zu.

Während der Fahrt überließ Woselak den Fensterplatz der herrschaftlichen Reisetasche, platzierte obenauf den Papagei und erklärte ihm den Griff der Tasche zum Festhalten. Hoch genug arrangiert, konnte La Blanche aus dem Fenster gucken und ihre neue Heimat kennen lernen. Das Tier sollte diese neue Landschaft lieb gewinnen, die Berge und die grünen Matten mit friedlichen Kühen und Schafen, und über diesen Anblick den Dschungel mit seinen Schlangen und Krokodilen recht schnell vergessen.

II. Ein bißchen Krieg

Eine Mietdroschke am Bahnhof Salzburg brachte den Reisenden mit seinem Vogel im Bauer nach Kleßheim. Das Schloß war im Salzburger Land bekannt, hier wohnte Ludwig Victor, der jüngste der kaiserlichen Brüder, dem man weitab der Hofburg dieses Domizil zugewiesen hatte. Für den Hof in Wien war dieser Erzherzog ohne Bedeutung, den militärischen Rang eines Generalfeldzeugmeisters führte er nur pro forma, er hatte sich militärisch wie politisch nirgends hervor getan, und auch in der Heiratspolitik hatte die Familie Habsburg mit diesem Sohn eine Niete gezogen.

In Kleßheim trat der ankommenden Kutsche ein fescher junger Rittmeister der Garde-Ulanen entgegen, offensichtlich der Adjutant und Lebensgefährte des Schloßherrn. Ihm folgte ein ungarischer Honvéd-Musketier, dem man ansah, daß ihm als Ordonanz das Grobe im Haushalt oblag. Später eilte ein Kutscher herbei, um die Pferde der Miet-Droschke zu versorgen.

Im Hause lernten der Gast noch einen Sekretär kennen, Luschin von der Enns, den die Hofkanzlei in Wien abgestellt hatte, damit bei irgendwelchen Repräsentationen das Protokoll gewahrt blieb. Doch derlei Aufgaben, etwa die Einweihung einer Brücke, die Eröffnung einer Ausstellung oder der Empfang ausländischer Konzertbesucher, wurden immer seltener.

Die Übergabe des Souvenirs erfolgte nahezu kommentarlos, lediglich ein Billet des Bruders Maximilian war zu überreichen, in dem er sich jegliche Anspielung auf einen Ersatz von Frau und Familienleben versagte. Allerdings erzählte Wosalek Anekdoten aus der Zoohandlung im brasilianischen Belém. »Der Händler widersetzte sich bei der Namensgebung des weiblichen Papageis dem französischen La Blanche, weil er mögliche Verwicklungen zwischen Österreich und Frankreich befürchtete.«

Ludwig Victor warf ein, das verstünde er nicht. »Beide Länder haben doch einen gemeinsamen Feind: Preußen!«

Daraufhin empörte sich der Sekretär: »Sie sprechen von unserem geschätzten Waffenbruder, Hoheit, ohne ihn hätten wir beim Sturm auf Fort Fredericia im März ganz schön dumm dagestanden.«

Der Ulanen-Rittmeister Ferdinand von Czedik glaubte, seinem Dienstherrn und Freund gegen diesen Sofa-Krieger beistehen zu müssen. »Sie wollen doch wohl nicht, Herr von der Enns, unseren genialen Armee-Kommandeur Freiherr von Gablenz auf eine Stufe stellen mit dem plebs-preußischen Reitergeneral, diesem schlichten Papa Wrangel?«

Der Honvéd-Musketier glaubte, dem niveaulosen Geschwätz ein Ende bereiten zu müssen: »Immerhin haben wir im Frieden zu Wien das südliche Herzogtum Holstein als Besatzungszone erhalten. Ist das nichts?«

Die provokative Frage »Auf wie lange?« versagte sich Ludwig Victor, er wollte endlich sein eigenes Problem anschneiden. »Meine Herren, ich habe Ihnen allen etwas zu sagen«, begann er, und zur Ordonanz gewandt fuhr er fort: »Mirko, hole doch schon mal zwei Flaschen Champagner aus dem Keller und stelle für alle Gläser hin.«

Als der Rittmeister die erste Flasche öffnete und sie Mirko zum Einschenken reichte, fühlte sich der Kutscher deplatziert, er erhob sich und ging zur Tür, wurde aber von seinem Herrn zurück beordert. »Was ich zu sagen habe, geht auch dich an, Johann.«

Leutnant Woselak war irritiert von dem intimen Ton, der hier am Hofe herrschte.

Der Sekretär dagegen zog die Augenbrauen zusammen. Was er einwerfen wollte, ahnte Ludwig Victor: Ein Erzherzog setzt sich nicht mit seinem Kutscher an einen Tisch und trinkt Champagner mit ihm. Und es mußte auch noch Offiziers-Schampus sein.

Doch bevor Luschin von der Enns seine Kritik äußern konnte, erinnerte Ludwig Victor: »Denken Sie nur an etliche Mitglieder unserer Familie, die freundschaftlich mit ihrem Fiaker verkehrten.«

Woselak war erleichtert. Der Sekretär hingegen kannte diese Geschichten und schüttelte den Einwurf ab. »Alle diese Fiaker konnten Heurigen-Lieder singen«, murmelte er.

Der Kutscher Johann allerdings verstand diesen Hinweis und fühlte sich animiert. Er trank den Champagner in einem Zug aus, klopfte an das leere Glas, hielt es gleich einer Stimmgabel ans Ohr und erhob seine Stimme: »Ja, 's Lebensschiffl schaukelt hin, schaukelt her, / der ane fahrt sich leicht, der andre schwer …« Nach dem mal mehr, mal weniger wohlwollenden Applaus wollte er nun sein Fiaker-Gstanzeln zum besten geben, doch sein Dienstherr beendete die Vorstellung.

Endlich wollte er selbst reden: »Ich werde Zweiundzwanzig, und die Weltgeschichte ist an mir vorbei gegangen. Alle Waffengänge unserer Monarchie kamen ohne mich aus. Radetzky wollte mich in der Lombardei nicht dabei haben, Windischgrätz nicht in Ungarn, und kommt es dereinst dazu, die bosnische

Frage zu lösen, dann wohl auch ohne mich. Meine Uniform vermottet im Schrank, ich schäme mich, sie zu tragen, meinen Waffenrock ziert nicht eine einzige wirkliche Auszeichnung.«

Dabei quoll das Ordensverzeichnis der Monarchie über mit Großkreuzen, Komturkreuzen und Tapferkeitsmedaillen – mit Krone, mit Schwertern und mehrfach an Spangen. Selbst Zivilisten verlieh man Orden in vier Stufen, wenn sie durch hervorragenden Eifer und Opferwilligkeit besonders ersprießliche Dienste geleistet haben.

»Nie durfte ich auch nur einen ersprießlichen Dienst leisten, nie Eifer und Opferwilligkeit zeigen – nicht einmal in der untersten Klasse.« Ludwig Victor hielt inne, von seiner eigenen Tatenlosigkeit ganz angerührt.

Der Sekretär empfand das Gejammer vor den Subalternen als überaus peinlich. Er wollte ablenken: »Mit Verlaub, Eure Hoheit, doch ein Habsburger muß sich nicht mit dem Degen in der Hand profilieren, nicht mit der Lunte an der Kanone, nicht mit schwenkender Fahne an der Spitze einer Eskadron ... Die Mitglieder Ihrer Familie haben vorrangig andere Aufgaben.«

Ludwig Victor wußte genau, was nun kommen würde. Er rief es aus: »Bella garant alii! Tu, felix Austria, nube!« Er konnte das nicht mehr hören. »Bitte sage es niemandem und bohre nicht weiter in der Wunde herum.«

Gottlob mischte sich schnell der Rittmeister ein: »Auch auf dem Schlachtfeld der Heiratspolitik gibt es keine Garantie für einen sicheren Sieg. Mal ist die Artillerie falsch positioniert, mal verschläft die Kavallerie die Flanken-Attacke, mal lichtet sich im Sturm die Phalanx der Grenadiere. Auf der Walstatt der Venus geht es nicht anders zu als auf der des Mars.«

Dankbar sah Ludwig Victor seinen Freund und Adjutanten an. Wieder zurückgeführt vom schlammigen Weg des »Austria nube« auf die betonierte Straße des glücklichen Krieges fand er sich nun imstande, seinen Plan zu entwickeln. »Ich will mich bewähren, wenigsten jetzt im Feldzug gegen Dänemark.«

Die Herren der Runde sahen sich irritiert an. »Aber, kaiserliche Hoheit, der Krieg ist längst zu Ende. Wir schreiben Juni, Dänemark hat zum zweiten Mal kapituliert.«

So wolle er wenigstens im Nachhinein die Schlachtfelder besuchen und ein bisschen Etappe schnuppern, meinte der Schloßherr daraufhin, ganz ohne irritiert zu sein. »Immerhin hat oben in Jütland auch mein persönliches Regiment gekämpft und den Übergang über den Limfjord siegreich erzwungen. Die 65er unter Oberst Ritter von Trautenau! So bleibt mir – wenn auch verspätet – wenigstens ein Zipfel von Austrias ruhmreicher Geschichte.«

Bevor die anderen den Erzherzog solchen Hirngespinstes wegen zu verspotten konnten, mußte Rittmeister Ferdinand von Czedik wieder einmal eingreifen. »Kein schlechter Gedanke, Eu - re Hoheit, und ein guter Anlass, Helden zu ehren, Verwundete zu trösten und der Gefallenen zu gedenken – Sie sollten nicht vergessen, ein Sortiment Tapferkeitsmedaillen mitzunehmen.«

Der Sekretär nutzte die Gelegenheit, verschwand eilig aus dem Zimmer und mischte in seinen Räumen eine Kollektion von Medaillen zusammen.

Er reichte bei seiner Rückkehr in die schon etwas angeheiterte Gesellschaft dem Erzherzog den Karton und erklärte diskret dazu: »Bronze ist für die Mannschaft, Silber für die Offiziere. Ich lege auch noch ein Militärverdienstkreuz I. Klasse in Gold bei. Ob Sie es Ihrem Oberst zusätzlich um den Hals hängen, muß Ihr Herz entscheiden.«

Obgleich Luschin von der Enns glaubte, korrekt gehandelt zu haben, mußte er sich gefallen lassen, vom Adjutanten abgekanzelt zu werden: »Sie vergreifen sich im Ton, mein Guter, sich über das Herz eines Mitglieds des Kaiserhauses Gedanken zu machen, steht Ihnen nicht zu.«

Victor Ludwig beschwichtigte seinen Freund Ferdl.

Anderntags traf er vor der Abreise seine letzten Anordnungen. »Den Papagei lasse ich in Kleßheim zurück in deiner Obhut, Ferdl. Als Offizier einer berittenen Einheit hast du doch grundsätzlich ein Gefühl für Tiere – wie früher für die Pferde deiner Eskadron, so jetzt sicher auch für einen Vogel.« Und an den Sekretär gerichtet: »Sie werden sich nicht zu schade sein, dem Herrn Rittmeister bei Fütterung und Pflege des Tieres behilflich zu sein, vor allem bei ständigem Zuspruch. Wenn ich zurückkomme, will ich, daß La Blanche ordentlich spricht, wobei mich ein Wiener Dialekt keineswegs stört. Nur Ungarisch habe ich nicht so gern. Deshalb nehme ich meine Ordonanz vorsichtshalber mit auf die Reise.«

III. Dem Ruhm entgegen

Um das Regiment Ludwig Victors zu finden und das frühere Schlachtfeld seiner tapferen 65er, führte der Weg zunächst über das Hauptquartier der österreichischen Invasions-Armee und den Statthalter des besetzten Holstein im Schloß Eutin. In diesem ehemaligen Sitz lübischer und Oldenburger Fürstbischöfe hatte sich Freiherr von Gablenz mit seinem Stab bequem eingerichtet.

Angekommen, wollte sich der Erzherzog als erstes beim Kommandeur melden, wurde jedoch vom zackigen Oberst seines Regiments, Ritter von Trautenau, abgefangen. »Eure Hoheit sind uns bereits avisiert, im Übrigen möchten Sie doch sicher so bald wie möglich zu unserer Einheit im nördlichen Jütland abreisen?« Um am nächsten Morgen in aller Frühe aufbrechen zu können, wollte sich der Oberst mit seiner Begleitung daher noch an diesem Tag in der Verwaltung abmelden.

Im Dienstraum schließlich wurde Victor Ludwig überschwänglich vom Intendanten der Armee, Freiherr von Hruby, begrüßt und zu seiner Reise ins Kriegsgebiet belobigt. Nach der Begrüßung kam von Hruby rasch zum Organisatorischen: »Eure Hoheit sollten sich für den Eintritt in die preußische Zone noch mit einer Summe preußischer Sorten eindecken, und auch einen Vorrat in dänischer Währung dabei haben.«

Doch gegen den gut gemeinten Rat des Intendanten wandte

der Oberst ein: »Mit unseren österreichischen Talern kommen wir durchs ganze Land. Der Joachimstaler ist beliebt bei Freund wie Feind.« Auf diese Weise bewies von Trautenau seine Heimattreue ebenso wie seine Verlässlichkeit. Ludwig Victor wußte beides sehr zu schätzen. Der Oberst war trotz seines fortgeschrittenen Alters ein fescher Mann!

»Ist Ihre Kutsche belastbar?« fragte von Trautenau den Erzherzog, als er am nächsten Morgen zu ihm in den Wagen stieg. Den Kutscher Johann wies er an: »Die Straßen Jütlands sind nicht zu vergleichen mit denen des Salzburger Lands. Doch vorerst keine Sorge, wir nehmen, um erst einmal voran zu kommen, zunächst die befestigte Heerstraße bis Flensburg.«

Der Erzherzog erschrak. »In Flensburg hat sich doch das oberste Preußen einquartiert! Ich möchte keinesfalls dem alten Wrangel, noch dem General von Prittwitz begegnen, geschweige denn dem Hohenzollernprinzen Friedrich Karl die Hand schütteln müssen. Das wäre fast, als müßte ich mit Bismarck Brüderschaft trinken und mich von diesem alten Ekel berühren lassen.«

Oberst Ritter von Trautenau erschrak innerlich ob des offenen Wortes. Doch er war ein klarer Geist, nahm jede Situation für gegeben, und fügte sich in sie ein.

Daher beruhigte er sanft den Gast: »Wir werden ohne Stop den preußischen Gouverneurssitz passieren – wenn auch nur auf der Hinfahrt.« Auf der Rückreise ließe es sich allerdings nicht vermeiden, in Flensburg Station zu machen. »Aber es wird«, versprach der Oberst, »eine recht angenehme Pause. Ich werde Eure Hoheit in den dortigen Austernkeller führen, da erwartet uns das beste kalte Buffet der Region. Mehr sage ich jetzt noch nicht.«

Als sich die Straße durch die Seenplatte um Plön schlängelte, staunte Mirko, der ungarische Honvéd-Musketier, daß sich außerhalb seiner Heimat, dazu noch so weit im Norden, Landschaften zeigten, die auch ihren Zauber hatten. In der Schule hatte er gelernt, daß der Norden Europas jenseits des Polarkreises liegt, und die wenigen Menschen dieser Region in nachtdunklen Monaten dahindämmerten. Nun sah die Ordonanz des Erzherzogs grüne Wälder, satte Flure, Bäche und Flüsse in strahlendem Sonnenlicht, sah Menschen auf den Feldern, die den Vorbeipreschenden fröhlich zuwinkten, sah gesunde Kinder am Straßenrand, die mit großen Augen der Kutsche nachstarrten. Vielleicht, dachte Mirko, sind das hier die letzten Menschen, und dieser dänische Krieg werde geführt, um auch diesen Rest auszurotten.

Plötzlich wurde Mirko aus seiner verdüsterten Welt aufgeschreckt.

Der Oberst hatte sich in der Kutsche aufgerichtet, zeigte mit der Hand weit ausholend in die Runde und rief: »Sehen Sie nur dieses glückliche Holstein, diese fröhlichen Menschen! Sie jubeln uns zu, weil wir sie von den Dänen befreit haben ... Und letztendlich ja auch von den Preußen!«

Worauf der Erzherzog leise hinzufügte: »Auf wie lange noch?

Ich höre schon am Nordufer der Eider die preußischen Grenadiere in ihren Nagelstiefeln scharren.«

Gegen Mittag überquerten sie die Eider, und von Trautenau erklärte, hier beginne das von Preußen okkupierte Herzogtum Schleswig.

Doch daß die Arbeiter auf den Feldern jetzt am Nachmittag langsam ermüdeten und deshalb nicht mehr derart euphorisch winkten, wollte Ludwig Victor nicht wahrhaben. »Erkennen Sie«, fragte er den Oberst, »nicht den Mißmut dieser Menschen? Sie sind zwar von den Dänen befreit, aber noch nicht von den Preußen.«

Der Oberst schwieg betreten. Seine Hoheit war nicht nur melancholisch, auch schien es ihr an Patriotismus zu mangeln.

Hinter Flensburg, das die Kutsche nur in den westlichen Vororten streifte, durchfuhren sie den kleinen Ort Kruså. Der Oberst erläuterte, hier beginne Nordschleswig, von den Dänen auch Südjütland genannt, mit einer mehrheitlich dänisch sprechenden Bevölkerung. Gleich glaubte der Erzherzog, eine weitere Veränderung zu beobachten. »Überall diese Verdrossenheit in den Mienen. Ist es denn die Hölle, Däne zu sein?«

Der Regimentskommandeur konnte diese naiven Fragen kaum noch ertragen, wagte es jedoch nicht, den Inhaber seines Regiments zurechtzuweisen. Er meinte daher nur: »Sehen Sie auf die Uhr, Hoheit, jetzt gegen Abend ist die Landbevölkerung müde nach ihrer schweren Arbeit auf den Feldern. Alles will nach Hause, da hat niemand mehr Lust zu winken.«

Dann kam man bald in das Gebiet der ehemaligen Kampfhandlungen. Hinter Hobro veranlasste der Oberst den Kutscher, die Straße zu verlassen und links in einen Sandweg einzubiegen. »Hier folgen wir dem alten Vormarsch unseres Regiments, so können Sie, Hoheit, den Vorabend der einstigen Schlacht noch einmal ganz realistisch nachvollziehen.«

Sie fuhren durch einen zerstörten Wald, von dem nur noch einige Baumstümpfe und etwas Gestrüpp übrig geblieben waren.

»Artillerie?« vermutete Ludwig Victor.

»Nein, nein«, erwiderte der Kommandeur, »für den Kahlschlag standen unsere Männer. Sie brauchten Brennholz. In Jütland sind die Nächte oftmals kalt. »

Nach einer Wegbiegung hörten sie ein grollendes Donnern.

»Sperrfeuer?« fragte der Erzherzog.

Der Oberst schüttelte den Kopf. »Das ist die Begeisterung bei einem Mannschaftsspiel. Beim Tauziehen tritt unsere Regiments-Acht oft und gern gegen die dänischen Turner von Nykøbing an. Da gehen jedes Mal die Wellen der Begeisterung hoch.«

Die Kutsche erreichte das Ufer eines breiten Gewässers.

»Das ist der Limfjord«, erklärte von Trautenau, »an dieser Stelle hatte das österreichische Korps den Fjord überquert, wenn auch mit Hilfe preußischer Pioniere, die ja im Bau von Pontons führend sind.«

»Gewiß, Oberst, in der Technik macht den Brüdern keiner etwas vor«, ergänzte Ludwig Victor, »dagegen hapert es eben mit der Kultur.«

Das konnte Ritter von Trautenau nicht unwidersprochen lassen. »Das mag gelten für die Stadt, die sich überheblich Spree-Athen nennt. Ich dagegen habe einen begabten Musikmeister aus Frankfurt an der Oder kennen gelernt, Gottfried Piefke, er hatte zu Ehren unseres Regiments und zur Bezwingung des Limfjord einen Marsch komponiert und uns übereignet, den Limfjordströmer.« Allerdings habe man das Geschenk nicht angenommen: »Das preußische Geschmetter ist nichts für unsere zarten Hörner.«

»Recht so«, lobte der Erzherzog, »denn hätte der König von Preußen von dieser Piece gehört, hätte er sie ohnehin gestohlen und seiner Marschmusik-Sammlung einverleibt, gleich hinter dem Düppeler Schanzen-Marsch.« Wilhelm nämlich klaue Märsche wie Länder. »Nach dem Limfjordströmer kommen Lauenburg und Holstein an die Reihe, später Kurhessen, Nassau und das Königreich Hannover, am Ende das Elsaß, zwischendurch als flinken Mundraub Beethovens Marsch für die Böhmische Landwehr. Ohne Bedenken, daß die Piece in Wahrheit Erzherog Anton von Österreich gewidmet war, drehte er mit ihr als Marsch des Yorckschen Korps einer betrogenen Musikwelt die Nase.«

Oberst Ritter von Trautenau langweilten Reden über derlei Gaunereien auf der musikalischen Bühne, er hatte nur sein strategisch begrenztes Operationsfeld um den Limfjord vor Augen.

»Nur noch wenige Kilometer westwärts, dann kommen wir gleich hinter Glyngøre zur Sallingsund-Brücke, die uns bequem auf die Insel Mors bringen wird, auf unsere Insel. Wir haben sie den Preußen abgetrutzt und nun darauf dem Regiment ein mustergültiges Feldlager errichtet, mit Feldbetten in den Zelten, ausreichend sanitären Einrichtungen, einer Wiese für Spaß und Spiel, ringsum das Wasser zum Baden und Angeln, sonntags spielt die Regimentskapelle«. Die Augen des Militärs glänzten vor Begeisterung. »Und im nahen Ort Nykøbing der Faergekro«, ergänzte der Oberst, »gibt es ein Hotel mit einer recht ordentlichen, wenn auch dänisch bewirtschafteten Gastwirtschaft. Hier treffen sich unsere Männer mit ihren dänischen Liebchen. Da fließen Bier und Aquavit«, er zwinkerte, »ungestört vom Zapfenstreich.«

IV. Allerlei Inselspiele

Nachdem die Kutsche die Brücke passiert hatte und auf der Insel Mors angekommen war, meinte der Oberst, man fahre erst einmal in den Ort Nykøbing hinein, er habe Zimmer im Faergekro für den Erzherzog und seine Männer reservieren lassen. »Sie haben sich nach der langen anstrengenden Reise in einem, wenn auch nur begrenzt komfortablen, Hotelzimmer ein Federbett verdient, und im Restaurant einen leckeren Fischteller zur Nacht.«

Morgen werde man im Lager das Programm durchziehen. »Sie haben ja sicher etwas geplant, Hoheit?«

Das mußte Ludwig Victor verneinen. »Doch ich vertraue darauf, daß die Begrüßungszeremonie nach altvertrautem militärischem Schema ablaufen wird«, fügte er zuversichtlich hinzu.

Der Oberst nickte.

Der folgende Tag begann mit der Frontabnahme zum »Hoch- und Deutschmeister-Marsch«. Danach rief ein Hauptfeldwebel die Namen der Soldaten auf, die in den Kampfhandlungen um den Limfjord durch besondere Tapferkeit aufgefallen waren. Die Männer traten einzeln vor, der Erzherzog gab jedem die Hand und ließ ihm von einem Korporal die bronzene Medaille an die Uniformjacke heften. Dazu wechselte die Regimentskapelle das Thema und begleitet die feierliche Handlung mit einer melodiösen Paraphrase auf Nowotnys »Aller Ehren ist Österreich voll«.

Die Orden in Silber für die Offiziere verlieh der Vertreter des Erzhauses im Zelt des Kommandeurs bei einer kleinen Feier mit Umtrunk. Namen aufzurufen erübrigte sich, da ausnahmslos jeder Offizier der österreichischen Armee allein schon durch seinen Stand auszeichnungswürdig war.

Vor dem nächsten Programmpunkt war dem Erzherzog ein wenig bange, hatte er doch nicht die rechten Worte für die Ehrung der Gefallenen parat.

Doch von Trautenau konnte ihn beruhigen. »Der Feldgeistliche unseres Regiments hat eine passende Standardrede für alle Toten auf Lager. Er mischt geschickt Bibelworte mit Texten von Soldatenliedern, eine geniale Verbindung von christlicher Liebe mit soldatischer Tugend. Und zwischendurch einmal, wie die Salve aus einer Ehrenkanone, ein goldenes Grillparzer-Wort.« Der Erzherzog hätte also nichts weiter zu tun, als vor dem Fahnenmast zu stehen und zu grüßen »Wir ziehen derweil die Fahne auf Halbmast, während ein Peloton von zehn Mann Salut schießt. Danach endet die Feier mit der Nationalhymne.«

Ludwig Victor war erleichtert, doch fragte er weiter: »Und was ist mit den Verwundeten? Die brauchen doch, wenn die Schmerzen unerträglich werden, den besonderen Trost des Kaiserhauses. Nur so können sie begreifen, daß ihr geringes Leid in die große Geschichte ihres Vaterlandes einzuordnen ist.«

Auch hier konnte der Oberst den Inhaber seines Regiments beruhigen: »Die Blessierten sind längst nach Kiel ins Armeelazarett überführt, sicher sind etliche von ihnen bereits in die Heimat entlassen.«

»Und das übrige Regiment? Wann wird es repatriiert?« erkundigte sich der Erzherzog, »sicher will jeder Mann so schnell wie möglich nach Hause.«

»Oh nein, Hoheit«, widersprach von Trautenau, »alle hier sind zufrieden bei guter Bequartierung und reichlicher Menage, angereichert von Produkten aus dem Umland und etlichen Liebesgaben aus den mehrheitlich deutschsprachigen Gemeinden.« Der Oberst geriet ins Schwärmen über den von ihm errichteten Vergnügungspark. »Zurück im Zivilleben müßte ein jeder seine Erholung an der Küste Dalmatiens teuer bezahlen. Hier auf Mors ist der Urlaub umsonst: Spiel und Sport, und zum Baden ist der Limfjord um vieles sauberer als die Adria.« Leise, und dicht am Ohr seines Zuhörers, fuhr der Oberst fort: »Weit weg, von Ehefrau und Familie unbewacht, genießen hier die Männer die Liebe, von der sie sonst nur träumen. Es gibt wohl kaum einen in unserem Regiment ohne zarte oder auch derbe Liebesbanden mit einem schnuckeligen Dänenmädchen. Tu felix Austria, nube, das Motto verhalf ja nicht nur dem Erzhaus Habsburg, es führte auch auf Untertanen-Ebene zu einem glücklichen Österreich.«

Ludwig Victor ödete das Gespräch an. Er wollte nichts mehr hören von schnuckeligen Dänenmädchen. Schnell wechselte er das Thema – gab es auch kulturelle Kontakte zwischen der Bevölkerung und der Besatzungsmacht?

Auf diese Frage hatte von Trautenau geradezu gewartet. »Wir konnten uns der Volkstanzgruppen kaum erwehren. Gemeinden mit deutscher Mehrheit schickten sie uns ungefragt zu. Sie kamen zum Teil von weit her, aus Hadersleben, Appenrade und Tondern. Die braven Deerns trugen Blumenkränze auf dem Kopf und das Haar zu dicken Zöpfen geflochten, natürlich gekleidet in flatternde Trachtenröckchen, die starken Buam in kurzen Hosen, die Knie nackt. Mir gefielen die Gastspiele gut, erinnerten sie mich doch an unsere Steiermark.« Der Oberst geriet in Euphorie: »Aber ich bin ein alter Mann, und meine jungen Offiziere konnten nicht nachvollziehen, wenn mir bei einem traurig geschleiften Walzer oder einer fesch gestampften Polka die Zähren über die Wangen rollten. Die jungen Leute wollten eine deftigere Kost.«

Da hätten zwei junge Leutnants die glorreiche Idee eines Schönheitswettbewerbs gehabt. »Und so las ganz Schleswig-Holstein und Jütland in Zeitungsanzeigen und auf Plakaten: Das 65. Infanterie-Regiment Erzherzog Ludwig Victor, stationiert auf der Insel Mors im Limfjord, kürt die Schönste unter jungen deutschen wie dänischen Damen bis zum Alter von 22 Jahren. Da kam alles zwischen dem Skagerrak und dem Unterlauf der Elbe, zwischen Sylt und Fehmarn, Esbjerg und Fredericia. Die Däninnen präsentierten sich in knapper Bekleidung und zeigten viel nackte Haut. Wir kennen ja die Moral der Skandinavierinnen! Hübsch anzusehen sind sie ja, doch es fehlt ihnen die Anmut der deutschen Mädels. Und so siegte denn auch ein Fräulein Annegret, die Tochter des Bürgermeisters von Sommersted.« Dem Oberst machte es sichtlich Freude, sich diese Geschichte noch einmal ins Gedächtnis zu rufen: »Das Regiment stiftete Annegret einen Preis: Eine Einladung nach Wien, eine Woche bei freier Kost und Logis, zusätzlich eine Fiakerfahrt und ein Billet für die Hofreitschule.«

Die Berichte, fand Ludwig Victor, würden ja immer peinlicher. Er unterbrach daher seinen Begleiter und fragte erneut nach ernsten künstlerischen Kontakten. »Die hatten wir selbstredend auch«, meinte der Oberst mit gedämpfter Euphorie, »Das Folketeatret in Kopenhagen beehrte uns mit einem Gastspiel und zeigte auf der provisorischen Bühne des Faergekro den ›Hamlet‹. Die meisten von uns haben vom Text kaum etwas verstanden, aber mit dem Degen umgehen konnten die Burschen! Alle Achtung! Hätten sie so ihre Düppeler Schanzen verteidigt, hätte Wrangel seine Zündnadelgewehre verschrotten können.« Den Oberst beherrschte wieder seine alte Begeisterung: »Wir hatten uns aufwendig revanchiert, doch das soll Ihnen Major Dr. Treviso erzählen.«

Von Trautenau rief den Major zu sich und stellte ihn dem Erzherzog vor: »Treviso ist Reserveoffizier und befehligt eins meiner Bataillone. Im Zivilberuf ist er Kunsthistoriker, und ich gab ihm die Gelegenheit, seine Doktorarbeit verspätet mit einem lebenden Bild zu realisieren.«

Der Major übernahm, nach einer Geste von Trautenaus, den Gesprächfaden. »Historische Ereignisse, die nie stattgefunden hatten und nur in Bildern existierten, haben mich schon immer fasziniert, so stieß ich auf den legendären Triumphzug Kaiser Maximilians I. Als ich mich als junger Doktorand in die Skizzen und Holzschnitte der Dürerzeit des 16. Jahrhunderts hinein phantasierte, ahnte ich noch nicht, daß mir später einmal als Reserveoffizier der Armee die Mittel und das Personal zur Verfügung stehen würden, den Triumphzug in seiner ganzen historischen Komplexität als Tableau vivant zu beleben.« Treviso sah, daß seine Hoheit aufmerksam zuhörten, und geriet nun seinerseits ins Schwärmen: »Das ganze Regiment war eingespannt, so konnten wir alle Rollen der Edelleute, Herolde und verdienten Soldaten besetzen. Die Pferde liehen wir uns von den umliegenden Gütern aus mitsamt der rohen Schabracken, die uns die Mädchen der Kunstgewerbeschule Aalborg liebevoll bestickten. Mit der Beschaffung von Hüten und Mützen hatten wir jedoch unsere Schwierigkeiten, da wir hier im ländlichen Gebiet kaum Putzmacherinnen auftreiben konnten, so mußten als Ersatz mehr Helme produziert werden. Die lieferte uns unsere Waffenmeisterei zusammen mit Degen, Streitkolben und Rundschilden, wie auch Hellebarden und Gestech. Die Kleiderkammer mußte Tag und Nacht arbeiten, um aus alten Plünnen die historischen Kostüme und die zahlreichen Banner zusammenzustückeln.«

Von Trautenau fand nun, daß sich sein Major Treviso mit der lang gezogenen Aufzählung allzu sehr in den Vordergrund schob. Daher sprach er, eine Atempause des Majors nutzend: »Keine Probleme hatten wir mit der Musik. Unsere Hoboisten wurden mühelos zu Reichstrompetern und burgundischen Pfeifern, und so überbrückten wir mit unserem reichen Repertoire an österreichischen Märschen das Fehlen der indischen Elefanten.«

Doch der Major, noch ganz hingerissen, unterbrach nun seinerseits seinen Vorgesetzten: »Der Hochzeitswagen war mein Lieblingsprojekt, und ich konnte unseren Oberst überreden, die Rolle des Kaisers Maximilian zu übernehmen. Und für die Besetzung der Erbin von Burgund hatten wir ja noch unsere Miss Jütland.«

Der Blick, den der Major daraufhin vom Oberst empfing, war tödlich. Der Major verstummte, von Trautenau riß das Gespräch wieder an sich. »Ich hatte Ihnen, Hoheit, vorhin meine Geschichte noch nicht zu Ende erzählt. Also, dieses Fräulein Annegret, die Schönste, sie wissen schon, nutzte ihren lokalen Ruhm als Preisträgerin, um sich im Faergekro von Nykøbing als Serviererin zu bewerben, was Wirt Thorvald freudig annahm, versprach er sich doch von der prominenten jungen Dame eine Steigerung der Umsatzes. Er gab ihr die besten Tische, die er für seine guten Gäste reserviert hielt, für höhere Offiziere, reiche Bauern und Verwaltungsbeamte, doch der Erfolg war gering.«

»Da hatten Sie mit Ihrem Triumphzug sicher den größeren Erfolg«, forschte der Erzherzog, »So etwas hatten die Dänen gewiß noch nie gesehen?«

Der Oberst stutzte, doch nur kurz. Dann schwärmte er: »Diese Begeisterung, Hoheit, können Sie sich kaum vorstellen. Aus Silkeborg kam ein Gymnasiallehrer mit seiner Abiturklasse, und die Wochenendausgabe der Jydske Vestysten widmete uns ihre Titelseite. Ich habe im Zelt des Schreibstuben-Feldwebels ein Exemplar für Sie aufgehoben, da haben Sie eine schöne Erinnerung an Ihre Reise.«

Ludwig Victor hatte sich seine Begegnung mit dem Krieg anders vorgestellt. Am wenigsten hatte er die Darstellung eines Bildes aus dem Mittelalter erwartet. Dennoch lobte er seinen Oberst: »Da haben Sie ja den Dänen ein schönes Stück europäischer Kultur vermittelt!« Und sein Herz befahl ihm, den Oberst noch zusätzlich mit dem Militärkreuz in Gold zu dekorieren.

Am Abend speiste der Erzherzog in Faergekro, allein, das heißt nur in Begleitung seiner Ordonanz. Er bestellte eine halbe Ente, gebraten, mit Gemüse der Region und der Saison. Es bediente ihn, wie er vom Wirt erfuhr, der sich bei dem hohen Herren durch Vertraulichkeiten hervortun wollte, Fräulein Annegret, die jüngst gekürte Schönste des Landstrichs. Ludwig Victor sah sie an und suchte Anmut, fand aber nichts. Dennoch gratulierte er ihr und wünschte ihr eine schöne Wien-Reise.

Doch das dumme Ding verschwand daraufhin nicht, sondern blieb stehen. Ludwig Victor wußte nicht recht, was sagen, daher meinte er leichthin: »Sollten Sie dem Kaiser vorgestellt werden, grüßen Sie ihn von mir. Ich bin sein Bruder.«

Hiermit konnte er der Serviererin überhaupt nicht imponieren, sie hielt das für eine billige Wiener Redensart, sie hatte dergleichen in dieser Gaststätte schon mehrfach gehört, auch von weit weniger feinen Herren.

Doch bevor sie frech antworten konnte, zog sie ein Kellner vom Tisch des Erzherzogs weg. »Bring dem Herrn Oberst drüben endlich sein Bier! Du kannst nicht bei jedem Herren aus Wien herumstehen und glotzen …«

Mirko wollte eingreifen, doch der Erzherzog hielt ihn zurück. »Nur kein Aufsehen!«

Später auf seinem Zimmer ging Ludwig Victor die Bemerkung des Kellners nicht mehr aus dem Kopf. Das also war er hier, nur ein einfacher Herr, ein Dahergelaufener, kein Erzherzog und kaiserlicher Bruder. Er war nur der Wurmfortsatz des alten, ehrwürdigen Hauses Habsburg, ein einfacher Herr aus Wien …

Er ging in sich: »Was überhaupt hat mich zu dieser Reise getrieben? Ruhm und Ehre habe ich gewollt. Aber was sind das für billig getünchte Worte: Ruhm und Ehre?« Und eilig korrigierte er sich: »Nur ein bisschen Anerkennung, ein kaum sichtbarer Orden aus Eisenblech an einem verblichenen Bändchen in der unterste Klasse, dazu ein Händedruck und der Zusatz ›Für sprießliche Dienste‹. Oh weh! Erzherzog Ludwig Victor, zu hoch hinaus treibt dich deine Phantasie! Statt auf das Feld der Ehre hat dich dein Weg nun in eine miefige Etappe geführt, hier wirst du eingedeckt vom Trommelfeuer geschwätziger Bagatellen. Der traurige Fjord, die traurige Insel, die traurigen Zelte, von fern der traurige Zapfenstreich. Das Leben ist nichts weiter als die Ankündigung eines Dramas, das nie zur Aufführung kommt. Zwar gibt es Theaterzettel und Plakate, allenfalls – kommt man sehr weit voran – Billet, Garderobenmarke und einen nummerierten Fauteuil … aber der Vorhang geht nicht auf. Wartet da am Ende womöglich noch jemand auf den Applaus?«

Ludwig Victors krauses Nachdenken über die Nutzlosigkeit dieser Expedition, ja seines ganzen Lebens, unterbrach ein Klopfen an der Tür.

Es war der Oberst, er mahnte zum zeitigen Aufbruch am nächsten Tag, man wolle doch rechtzeitig in Flensburg sein und das legendäre kalte Buffet des Austernkellers genießen, bevor es angeknabbert sei.

V. Heißes Defilee am kalten Buffet

Am nächsten Morgen wurde Erzherzog Ludwig Victor von seiner Ordonanz unverschämt früh geweckt. »Der Herr Oberst läßt bestellen, daß bis zum Abend Jütland in seiner ganzen Länge zu bewältigen ist.« Des Erzherzogs Einwand, zu dieser frühen Stunde gäbe es im Kro doch noch kein Frühstück, wußte die Ordonanz zu kontern: »Der Herr Oberst meinte, frühstücken könnten wir unterwegs.«

In diesem Augenblick steckte Ritter von Trautenau seinen Kopf zur Tür herein. »Noch vor Silkeborg, Hoheit, machen wir eine Pause. In Kjellerup kenne ich den Wirt des Knudstrop Kro, Holger Knudsen. Ehemals ein deutscher Lehrer, hat er sich inzwischen der dänischen Lebensweise so angepaßt, daß er uns ein ausgezeichnet originales Smørrebrød bereiten kann.«

Ergänzend fügte Mirko hinzu: »Johann hat die Kutsche bereits vorgefahren, das Gepäck ist verladen, bis auf Ihre Reisetasche.«

Ludwig Victor blieben nur wenige Minuten für eine Katzenwäsche. Dann nahm die Ordonanz die Tasche, schloß sie und trug sie nach unten zum Wagen. Der Erzherzog und der Oberst folgten ihm.

Als sie gegen Abend hinter Kruså auf das mehrheitlich deutschsprachige Gebiet des Herzogtums Schleswig kamen, zeigten sich die ersten preußischen Soldaten. Sie saßen in ihrem schmutzigweißen Drillich vor ihren Unterkünften, putzten Schuhe, reinigten Gewehre oder spielten Karten, die Pfeife zwischen den Zähnen. Kurz überlegten sie, ob sie beim Herannahen der Kutsche aufstehen, Front machen und grüßen sollten, doch sie erkannten unter den fremden, nicht einzuordnenden Schulterstücken den höheren Offizier nicht. Ein Mann, der hinter den Kartenspielern stand und als Kiebitz die Hände frei hatte, winkte den Vorbeifahrenden flüchtig zu, verbunden mit einem Zuruf im Berliner Jargon, der den Österreichern unverständlich blieb.

Der Oberst glaubte, seinen Regimentsinhaber behutsam auf die bevorstehende Ankunft in der Garnisonsstadt einstimmen zu müssen. »Flensburg ist eine hübsche Stadt, nur leider verschandelt von preußischem Militär. Im Straßenbild herrscht das Blau der Uniformen vor, nur hier und da aufgefrischt von weißen Tupfen, den Kadetten der Marineschule Mürwick in ihrer Matrosen-Gala. Aber eine rechte Heiterkeit zeigt sich nirgends bei den Soldaten. Immerfort werfen sie den Kopf nach links oder rechts, reißen den Arm hoch und schlagen zum Gruß die Hand an die Mütze.« Die ganze Garnison, ja ganz Preußen schien, so ereiferte sich der Oberst, nur aus Vorgesetzten und Untergebenen zu bestehen.

Der Erzherzog fand, sein Regimentskommandeur schildere das Bild, das sich ihm gleich zeigen würde, äußerst anschaulich, und erlaubte sich eine historische Analogie: »Die Begriffe égalité und fraternité haben im Deutschen einfach keine Übersetzung gefunden.« Trautenau fand diese Parallele merkwürdig.

War der Erzherzog am Ende ein Anhänger Napoleons? Er verjagte den Gedanken und fuhr in seiner Beschreibung fort: »Dabei haben die hohen Herren des Hauptquartiers kaum Einfluß auf das eigentliche Erscheinungsbild der Stadt. Sie genießen ihre Rechte als Invasoren und Sieger weitab, im luxuriösen Ambiente des Schlosses Glücksburg an der äußeren Förde, hofiert und verwöhnt von Lakaien, die eben noch ihren Sold aus den Apanagen der dänischen Krone erhielten.«

»Da gelange ich ja geradezu von einem Feindesland in das andere«, folgerte Ludwig Victor, »und brauche den Kriegspfad auch fortan nicht zu verlassen »Ich habe mir immer vorgestellt, einmal in eine eroberte Stadt einzureiten, umjubelt und hoch zu Roß, hinter mir mit klingendem Spiel die Militärkapelle ... etwa wie einst Radetzky in Mailand oder Prinz Eugen in Turin und Belgrad. Flensburg ist zwar eine Nummer kleiner, bietet aber einem allerletzten Erzherzog, einem Appendix seiner Dynastie, genug Ehre.«

Der Oberst glaubte, die wirren Phantastereien stoppen zu müssen, bevor dieser sein Erzhaus, ja seine ganze Nation der Lächerlichkeit auslieferte. »Woher sollen wir hier eine nichtpreußische Kapelle beschaffen? Und wie den Jubel der fremden Bevölkerung? Oder gar ein stolzes Reitpferd?«

Ludwig Victor spürte, daß er zu weit gegangen war und von seinem Oberst zu Recht gebremst wurde.

Er schwieg, daher konnte Oberst Ritter von Trautenau seine Skizze des bevorstehenden Programms nun vollenden. »Ich hatte vor unserer Abreise noch veranlaßt, daß uns die Intendantur Zimmer im Central-Hotel in der Rathausstraße reserviert, da findet auch die Kutsche ihren Stellplatz und das Pferd seine Versorgung. Der Weg zum Austernkeller am Holm ist nicht weit, wir können ihn allein zu Fuß gehen. Das ist auch angebracht, auf diese Weise können wir unsere Männer, Ordonanz wie Kutscher, im Hotel zurück lassen. Immerhin ist der Austernkeller ein exklusives Etablissement, zugelassen nur für Offiziere. Die neuen preußischen Gäste sind da sehr penibel, und wir wollen doch keinen Streit! Nicht auf einer so unteren Ebene!«

Rechtzeitig, bevor es beim Abendessen zum Andrang kommen würde, machten sich Oberst Ritter von Traunstein und Erzherzog Ludwig Victor auf den Weg zum Holm. Beim Betreten der Gaststätte Zum Austernkeller ging der Oberst voran. Der Wirt, Fredrik Hinnersen, eilte ihm entgegen, begrüßte ihn als einen lieben alten Gast und ließ sich seinen Begleiter vorstellen. Dessen Name und Titel sagten ihm zunächst nichts, und es mußte ihm erst flüsternd erklärt werden, daß dieser Herr ein Angehöriger des Hauses Habsburg sei und Inhaber des am Limfjord stationierten österreichischen Infanterie-Regiments.

»Seine kaiserliche Hoheit kam eigens aus Wien, um seinen so weit in den kalten Norden verschlagenen Männern die warmen Grüße ihres Kaisers zu übermitteln?« Hinnersens Respekt vor dem hohen Herrn hielt sich in Grenzen, doch er wußte, was sich gehört. Er geleitete die beiden Gäste durch die Tischreihen voller lärmender preußischer Leutnants, vorbei ebenso an den stumm ergebenen dänischen Zivilisten, denen die Lärmsalven gleich Kartätschen über ihren Köpfen detonierten, wobei die Splitter auf Tellern und Gläsern klirrten, und führte sie zu einem abseits gelegenen Tisch, der für prominente Gäste, etwa für Offiziere vom Major an aufwärts, ständig reserviert war.

An der Preußen-Tafel holte ein Fähnrich ein Akkordeon hervor, spielte, und sang: »Ich bin ein Preuße, / Kennt ihr meine Farben?« Er war jedoch über die ersten Takte noch nicht hinausgekommen, da trat vom Nebentisch ein Hauptmann auf ihn zu, legte die Hand auf das Instrument und erhob seine Stimme zu einem Befehl: »Halten Sie ein, Fähnrich Krampf, wir Preußen sind hier nicht unter uns!«

Eine kurze Stille trat ein, die Oberst Ritter von Trautenau nutzte, um nach der Bedienung zu rufen.

An den Tisch trat allerdings nicht eine der jungen, hübschen Serviererinnen, sondern eine eher herbe Schönheit. »Liesel, das Mädchen, wird gleich Ihre Getränkebestellung entgegen nehmen, ich dagegen möchte Sie zuvor an das kalte Buffet bitten.« Sie richtete ihre Worte jedoch weniger an den Oberst, der in seiner schmucken, ordengeschmückten Uniform durchaus einen Flirt wert gewesen wäre, nein, sie wandte sich der schlicht gekleideten, weniger attraktiven Begleitung zu, deren traurige Augen sie faszinierten. »Diese Augen! ... Ja, diese traurigen Augen! ...« rief leise in ihrem Kopf eine Stimme, die sie nicht ruhigstellen konnte.

»Ich bin Christine Kröger, die Kaltmamsell«, stellte sie sich vor. Dann zog sie sanft den fremden Gast vom Stuhl hoch, sah ihm für einen Moment in die traurigen Augen und führte ihn an die Theke, wo die Speisen festlich aufgebaut waren.

Der Erzherzog, verwirrt, ließ sich führen, seine Begleitung wagte keinen Einspruch.

»Das ganze kalte Buffet ist mein Werk, ich arrangiere es täglich frisch. Das hier ist meine Armee!« Während Christine Kröger den Gast an ihrem Meisterwerk lukullischer Kunst entlang führte, wurde es am Leutnantstisch lauter.

»Amüsieren wir uns dann eben mit einem süddeutschen Marsch!« Und laut in die Runde seiner Kameraden rief Fähnrich Krampf: »Vom württemberger Hoboisten Carl Teike: ›Alte Kameraden!‹« Zunächst blieb es bei einem rhythmusbetonten Akkordeon-Solo, denn Krampf und den Leutnants fehlte zur ersten Strophe der Text.

Ludwig Victor und Christine gerieten beim Defilee in den Marschtakt und fanden sich im Gleichschritt zusammen. Das stramm ausgerichtete Wurstsortiment konnte dies als eine Frontabnahme deuten: Die Buffet-Präsidentin empfing einen Staatsbesuch. Der Erzherzog steigerte sich in das Zeremoniell geradezu hinein und ihm war, als hörte er Befehle: »Richt euch! … Die Augen links …« Salutierte etwa die Salami? Präsentierte die Bierwurst? Was sah die Augenwurst ihn so an? Erwartete sie eine Auszeichnung? Doch wohl nicht etwa für eine windige Tapferkeit?

»Ludwig Victor, du bist nicht mehr im Lager, und dies ist

nicht die Front deines 65er-Regiments. Von der Hauptkampflinie abgezogen genießt du hier die Freuden der rückwärtigen Ruhestellung«, versuchte er sich zu beruhigen. Doch sein Blut geriet in Wallung …

Nur gut, daß ihn die Kaltmamsell an seiner Seite vorantrieb und ihm keine Zeit für krause Gedanken ließ. »Lassen Sie uns doch erst einmal die Regimenter passieren und warten Sie: Gleich kommen wir zur Garde.« Christine lachte.

Und da war sie schon, die Garde des Buffets, der Spickaal. »Eine Flensburger Spezialität, fremder Gast!« Christine füllte ihm gemischt den Teller, garnierte noch mit Butter, Käse und ein paar Radieschen.

Fähnrich Krampf hatte inzwischen den »Alten Kameraden« beendet und kam nun zu einem neuen Marsch. Er begann zu singen und gab der Leutnantsrunde das Zeichen einzufallen. Und schon grölte der ganze Tisch: »Die Kuh scheißt lauter als die Nachtigall, / Das hört man schon am Widerhall, / Doch lauter scheißt der Bulle, / Das geht auf keine Stulle …«

Der Erzherzog stand verwirrt mitten im Lärm. Zivilisten standen auf und sangen nun ihrerseits Gassenhauer, der Saal begann zu beben! Bierkrüge stießen gegeneinander! Stühle wurden beiseitegestoßen! Doch einige blieben demonstrativ sitzen und schwiegen hartnäckig.

Die Kaltmamsell nutzte die Gelegenheit und drängte ihren Gast sanft zur Seitentür hinaus. »Kommen Sie, wir wollen doch diesem Getöse entweichen und auch der nicht minder bedrückenden Stille der Dänen. Ich habe in der oberen Etage ein hübsches kleines Zimmer, da können wir uns fernab der Gaststube in angenehmerer Atmosphäre den Genüssen widmen.« Im Fortgehen ergriff Christine noch einen Korb mit Brotscheiben und befahl der Serviererin Liesel, die Getränke auf das Zimmer nachzutragen. »Bier, Bordeaux Grand Cru, Aquavit… Und vergiß nicht den Rum, den halb-leichten Flensburger zu 40 Prozent.«

Der Erzherzog wunderte sich nicht über dieses vielseitige, wirre Getränkearrangement. Er war durch seinen Salzburger Männerhaushalt an chaotische Gelage gewöhnt. Er fragte sich jedoch, wie sich Spickaal mit Rum vertragen würde. Sollte er deswegen Angst zeigen? Wieso? Er war schließlich an der Front, und ihretwegen hatte er ja die lange Reise gemacht. Auch im Artilleriefeuer von Speisen und Getränken ist Tapferkeit gefordert, will man zu Ruhm und Ehre gelangen. Ein Spruch aus napoleonischer Zeit sollte heute sein Motto sein: »Die Garde fällt / Aber sie ergibt sich nicht.«

Aber erwartete ihn auf diesem Schlachtfeld nur ein lukullischer Waffengang? Während Ludwig Victor hinter Christine die Stiege hinaufstieg, hielt er sich im Abstand von vier Stufen, da hatte er präzis in Augenhöhe die Waden der Mamsell vor sich. Sie waren nackt und rund. Er verringerte den Abstand auf drei Stufen. Nun konnte er noch ein wenig von den Oberschenkeln sehen, auch sie waren nackt. Das Rund der Waden ging nun über in eine sehnige muskulöse Kraft. Noch eine Stufe schloß er auf, da hatte er Christines Hinterteil vor sich. Stramm, rund und kräftig zeigten sich die zwei Backen.

»Halt ein, Ludwig Victor! Du lebst seit Jahren in einer festen

Liaison mit deinem Rittmeister Ferdl von Czedik, du hast eine gute Wahl getroffen, und du bist glücklich. Was soll hier und jetzt die Fixierung auf die fremde Mamsell von einem fremden Buffet in einer fremden Gastwirtschaft weitab in einer fremden Stadt? Ferdl würde sagen: ›Viki, das ist pervers!‹ Doch fort mit solchen destruktiven Gedanken! Dies hier war eine neue Erfahrung, eine Erweiterung der Gefühlswelt, und Rittmeister Ferdl war weit weg, ihm würde an nichts mangeln.« Die Hauptsache war: Ludwig Viktor durfte sich nicht verlieben.

VI. Mit Liebesroman zur Lebenshilfe

Christine Kröger hatte nicht übertrieben, ihr kleines Zimmer war wirklich gemütlich eingerichtet. Eingetreten, stellte sie an ein schmales Tischchen zwei Sessel gegenüber, dekorierte dann den Tisch so gut es ging. Liesel brachte eilig, und ohne groß zu fragen, Bier, Rum und Aquavit, den Bordeaux stellte sie griffnahe auf den Tisch. Christine dekantierte den Rotwein und verkündete: »Bier und Aquavit kommen später dran, als Partner des Spickaals. Der Rum muß warten.«

Während sich beide zuprosteten, fragte die Kaltmamsell ihren Gast nach seiner Identität. Doch bevor der Erzherzog Namen, Titel, Abstammung und Wohnsitz in Gänze aufsagen konnte, unterbrach ihn die Gastgeberin. »Ich werde dich kurz Victor nennen, ich liebe Siegertypen, und du gehörst zweifelsfrei dazu. Heute und hier in der Frontstadt Flensburg.«

Ludwig Victor mußte der Mamsell immerfort auf die nackten strammen Oberarme schauen, wobei sich ihm die Bilder aus dem Treppenhaus aufdrängten, die runden Waden, die kräftigen Schenkel und die strammen Hinterbacken. Doch stärker als zuvor skandierte in ihm, sowohl mit der eigenen Stimme, als auch mit der des Rittmeisters Ferdl, die Warnung: »Nur nicht verlieben!«

Um derartige Gefühle im Ansatz zu ersticken, mußte er sich ablenken. Und er wollte sie haben, diese hier, als erste Frau … Wie aber Sinnlichkeit ausleben und zugleich das Herz knebeln? Victor erinnerte sich an die prahlerischen Berichte seiner einstigen Kameraden aus der Kadettenanstalt, die die Eröffnung des zweigeschlechtlichen Vorspiels immer wieder gern in allen Varianten schilderten. Das war offensichtlich ganz einfach und stets erfolgreich!

Victor stand auf, umkreiste den Tisch, trat von hinten an Christine heran und drückte sie, ihre Brüste in beiden Händen, auf die Lehne des Sessels zurück. Christine kiekste wohlig auf. Nun glaubte er, die Schanzen genommen zu haben und presste der Eroberten, die sich umgewandt hatte, mit vorgestülpten Lippen einen Kuß auf den Mund. Doch ging der Angriff, ständig von taktischen Überlegungen verzögert, nur langsam voran.

Die Verteidigung Christines war schneller und gezielter, sie entzog sich dem Kuß, befahl ihren Brüsten den Ausfall aus dem Kessel und fuhr den Aggressor an: »Wo hast du diesen Mumpitz gelernt? Und wozu soll das gut sein?« Dabei spürte sie, daß sie ihren Gast vielleicht verletzt hatte, und setzte schnell versöhnlich hinzu, er sei ja wohl ein bisschen altmodisch. »So ein Kuß als Eröffnung einer Attacke gerät leicht daneben. Habt ihr das auf eurer Kadettenschule nicht gelernt?«

Christine setzte sich auf die Bettkante. Sie besah den verstörten Erzherzog einen Augenblick, seufzte und sagte gutmütig: »Jetzt packen wir die Operation Zärtlichkeit einmal strategisch an!« Sie befahl Victor, sich zu entkleiden, zog ihn über ihre Knie und hatte mit einem Mal einen Rohrstock in der Hand. »Jetzt bist du erst einmal mein kleiner ungezogener dummer Schüler«, sagte Christine freundlich. Eine ganze Weile versohlte sie ihm den nackten Hintern, und als er begann, kleine Schmerzensschreie auszustoßen, fragte sie, ob es arg weh täte: »Das soll es aber nicht.«

Christine unterbrach ihre Zärtlichkeit, öffnete die Rumflasche und goß ein Glas bis zum Rand voll, reichte es Victor, ließ ihn trinken und reichte ihm danach gleich ein zweites Glas. »Seit Jahrhunderten beliefern wir mit unserer Flensburger Narkose die Lazarette der kriegführenden Nationen. Schwierigste Wundbehandlungen, ja selbst Amputationen, wurden damit zur quantité négligeable zwischen dem passiven und aktiven Partner.«

Die Mamsell arrangierte den Rollentausch, sie befahl Victor auf die Bettkante, trank zwei Glas Rum und legte sich, den Hintern entblößt, ihm über die Knie. »Brauchst du noch Anleitungen? Ach was, du bist ja Victor, der Sieger!«

Christine ertrug die Zärtlichkeit ohne jedes Anzeichen der

Lust, doch auch ohne einen Schmerzenslaut. »Jedes Jammern ist eine Beleidigung der Rum-Stadt Flensburg. Das galt schon für die blessierten Söldner der Barock-Kriege, mehr noch für unser kleines Spiel, das doch weit entfernt ist von Begriffen wie Züchtigung und Strafe. Er soll nichts als nur partiell den Körper ein wenig erwärmen und ihn präparieren.«

Victor versuchte, diese Worte zu begreifen, was ihm nicht recht gelingen wollte. Er mußte sich ganz auf den dritten Akt des Stücks konzentrieren. Denn Christine signalisierte die Einstellung des Feuers und zerrte den Partner, in die Horizontale gedreht, zu sich ins Bett, wo es ihr gelang, ihn mit massiver manueller Hilfe zur Vollendung der Paarung zu stimulieren.

Als Victor zum Orgasmus kam, erinnerte er sich ähnlicher Höhen, wenn er mit Rittmeister Ferdl die Sauna besuchte oder während eines Ausflugs in einem Fluß badete. Doch dieser, hier im Bett der Mamsell, war nicht zu vergleichen, er war sehr viel intensiver.

Das also, dachte sich Victor, ist, was alle Welt die Liebe nennt. Endlich hatte er eine Erklärung für dieses Wort, das jedoch in keiner Verbindung stand zum Begriff »sich verlieben«, und er beschloß, den Lehrstoff dieses Tages gut in seinem Gedächtnis zu archivieren.

»Nach dieser Operation sind wir ganz schön durstig, was?« Christine bat ihren Spielkameraden nun zu Tisch und öffnete das Bier.

Zur Eröffnung der nun folgenden Manöverkritik fragte Victor zunächst, woher die Mamsell solche Spielchen kenne.

Auf diese Frage hatte Christine nur gewartet. »Aus einem Buch mit Liebesgeschichten. Woher sonst?« Sie griff zurück in ihre Vergangenheit: »Ich war 15, mein Vater, Kaufmann im Ostsee-Handel, wollte, daß ich Dänisch lerne. Anläßlich einer Geschäftsreise nach Kopenhagen jedenfalls suchte er eine Buchhandlung auf, um seiner Tochter ein Lehrbuch zu kaufen. Doch der Buchhändler verriet ihm, daß ein junges Mädchen eine Fremdsprache am leichtesten erlerne durch einen Liebesroman. Von dänischen Schriftstellern sei in dieser Saison leider nichts auf dem Buchmarkt, dagegen in einer guten dänischen Übersetzung ein gefühlvoller österreichischer Autor: Leopold, Ritter von Sacher-Masoch. Ich habe sein Buch nicht nur gelesen, ich habe es geradezu durchgearbeitet. Dann leitete ich meinen damaligen Liebhaber, einen dänischen Studenten der Skandinavistik an, die schöne Geschichte mit verteilten Rollen nachzuspielen. Seitdem beherrsche ich die dänische Sprache in allen Nuancen. Später bekam ich ein weiteres Buch des Österreichers auf Deutsch geschenkt. Man war besorgt, ich könnte meine edle Muttersprache vernachlässigen. Nun brauchte ich für diese Fassung auch einen deutschen Gespielen. Es war ein Kadett der Marineschule Mürwick, ein hübscher Junge, literarisch allerdings eine Niete, und er verdarb mir die Lust an der deutschen Sprache. Als ich mich recht bald von ihm trennte, schenkte er mir ein – wie er es nannte – anständiges Buch: ›Übermittlung von Kommandos im Verband der Flotille während des Seegefechts‹ mit persönlicher Widmung des Autors, Korvettenkapitän von Prisewitz, dem Kommandanten der Marineschule. Das war die Höhe! Seitdem war für mich die deutsche Literatur tabu, und die Liebe zur dänischen bedeutete mir alles. Inzwischen hatte mein Vater mich verstoßen. Nun ja. Ich ging also erneut auf die Suche nach einem dänischen Spielkameraden und fand einen Naturburschen, der, wie ich hoffte, literarisch noch unverdorben war. Er erlernte den Beruf eines Tierpflegers im Zoologischen Garten Kopenhagen. Der Umgang mit ihm war leidlich, wiewohl er glaubte, unsere Spiele mit dem Wort Widernatürlichkeit würzen zu müssen. Auf meine Frage, was genau er mir mit dieser häßlichen Vokabel sagen wolle, erklärte er mir – wie aus dem Lehrbuch seiner Berufsschule – den Zeugungsakt in der Tierwelt. Nur dieser sei normal.« Christine verdrehte dramatisch die Augen. »Bevor sich derart abartige Theorien in meine Welt einzunisten drohten, beendete ich die Freundschaft. Und was schenkte er mir zum Abschied? Ein Vogelpärchen, kleine kuschelige Sittiche. Mit diesem Pärchen wollte er mir eine Lehre erteilen und mir praktisch beweisen, wie die Natur es eingerichtet habe, allseits die Art zu erhalten. Was mich beleidigte war nicht etwa diese Absicht, sondern daß sein Geschenk ein so demonstrativ kleines Getier war. Ich mag keine Winzlinge, ich liebe große Vögel. Solche wie dich.« Mit diesen Worten warf sie sich auf den Erzherzog und überschüttete ihn mit Liebkosungen. Noch einmal ergaben sie sich in eine Vereinigung, die obligatorischen aufwärmende Spiele gingen diesmal beiden sicher von der Hand.

VII. Dank für Liebesdienst

Als am folgenden Tag der Erzherzog ins Hotel Central zurückkehrte, lag dort eine Depesche des Armee-Generalstabs vor, die ihn nach Kleßheim zurückbeorderte.

Doch während der Oberst, der die Nacht auch nicht allein verbracht hatte, gern noch ein paar Tage in Flensburg verblieben wäre, war Ludwig Victor froh, schnell die Heimreise antreten zu müssen. Ein solches Erlebnis wie das mit der Kaltmamsell Christine vertrug keine Verlängerung, auch war das Gespenst, sich ernsthaft zu verlieben, bei ausgedehnter Verweildauer keinesfalls gebannt. »Daheim in Schloß Kleßheim«, sagte er sich, »werden Rittmeister Ferdl und die gewohnte Umgebung mit Männern das Durcheinander in meinem Kopf wieder zurechtrücken.«

Bei seiner Abreise versagte sich Ludwig Victor Worte des Abschieds gegenüber Christine und überließ es dem Oberst, den Gastwirt des Austerkellers über die plötzliche Abreise zu informieren. Als Kaltmamsell Kröger es von ihm erfuhr, zeigte sie keine Reaktion. Da ihr Brotherr via Liesel von der Affaire mit dem Wiener Gast erfahren hatte, fragte er sie, ob sie keinen Schmerz empfinde, darauf antwortete sie nur: »Er hatte so traurige Augen.« Mehr sagte sie nicht. Der Wirt ließ es gut sein.

Durch die beiden Herzogtümer Schleswig und Holstein kam die Kutsche zügig voran. Vor dem Schloß Eutin verabschiedete der Erzherzog seinen Kommandeur und bedankte sich für die informative Führung so weit in den Norden. »Grüßen Sie General von Gablenz und Freiherrn von Hruby von mir, vor allem aber grüßen Sie, wenn Sie auf die Insel zurückkehren, das Regiment, meine lieben 65er«

Auch der Oberst bedankte sich bei seinem Regimentsinhaber für das wohlwollende Interesse am Kampfgeschehen der gemeinsamen Männer, besonders aber für den hohen Orden. Das Militärkreuz I. Klasse in Gold hatte er nun wirklich nicht erwartet, als er seinerzeit zum Sturm über den Limfjord blasen ließ.

Ins Schloß Kleßheim heimgekehrt, mußte sich der Erzherzog von seinem Abenteuer erholen. Doch wurden die herzlichen Begrüßungen des Rittmeisters Ferdl abrupt vom Sekretär unterbrochen, der seinen Chef eiligst mit einer Mitteilung der Hofkanzlei konfrontierte, eine Einladung zum Diplomatenball in Wien.

Adjutant und Sekretär rieten dem Erzherzog, diese weniger wichtige Festlichkeit auf alle Fälle zu besuchen, um wenigstens einen Rest höfischer Repräsentationspflichten zu erfüllen. »Vielleicht ist auch der eine oder andere Gast an Ihren Berichten von der dänischen Grenze interessiert. Wie wir erfuhren, konnten Sie ja sogar in Flensburg Erfahrungen sammeln. Wen beeindruckt das nicht?«

In Wien war Ludwig Victor erstaunt über die Ausmaße der Veranstaltung. Einige Botschafter brachten Gäste aus ihrer Heimat mit, so der Gesandte der Bukowina, der dem Kaiser eine Tochter seines Fürstenhauses vorstellte, die Prinzessin Feodora.

Im Verlauf des Balls gehörte Feodora nicht zu den begehrten Tanzpartnerinnen der Wiener Offiziersclique, denn mit ihrer derben Figur und ihren harten Gesichtszügen entsprach sie nicht gerade dem Idealtyp des Weaner Madls.

Ludwig Victor betrachtete das exotische Mädchen vom Donaudelta mit anderen Augen. Er glaubte, in ihr etwas angenehm Hartes zu entdecken, vielleicht waren es nur Hinweise auf ihre rustikale Herkunft. Er forderte Feodora immer wieder zum Tanz auf und wunderte sich über ihre Beherrschung des klassischen Repertoires: Walzer, Mazurka, Ecossaise …

Deshalb fragte er sie in einer Tanzpause nach der Heimat ihres Hauses: »Rumänien? …Wolhynien vielleicht? … Etwa Ukraine? … Oder kam ihre Familie gar aus des Trümmern des Osmanischen Reichs?«

Da konnte die Prinzessin nur lachen. »Ich entstamme dem cisleithanischen Kronland Galizien. Groß geworden bin ich in der Residenz Lemberg, bis meinem Vater die Bukowina als Fürstentum angetragen wurde.«

Zu welchem Volk sie dem Blute nach gehöre, wisse sie selbst nicht so recht. Aber dem Erzherzog könne man nach seiner Schleswig-Reise ja wohl nichts über die Mischung von Völkern in Grenzgebieten zu erzählen. »Stellen Sie Sich vor, Sie hätten sich in ihrer wirren Region in ein Mädchen verliebt: Ist sie Dänin? Ist sie Deutsche? Sie hätten es nicht wissen können.«

Darauf mußte Ludwig Victor nicht eingehen, dennoch erwiderte er: »Niemals hätte ich mich verliebt. Und wenn doch, dann … Aber lassen wir das!« Und mit einem Schuß Sarkasmus stellte er die Gegenfrage: »Und Sie, Prinzessin? Haben Sie sich schon einmal verliebt?«

Feodora war erstaunt, von einem Habsburger eine derartige Frage zu hören. »Ich bin die Tochter eines regierenden Fürsten. Für unsereinen gibt es, wie Sie wissen, keine Liebe, sondern lediglich Verbindungen in dynastischem Interesse. Tu felix Bukowina, pflegte mein Vater zu zitieren.« Schnippisch setzte die Prinzessin hinzu: »Kommt Ihnen das nicht irgendwie bekannt vor?«

Ludwig Victor war froh, daß in diesem Augenblick der Außenminister hinzu trat, das Paar trennte und damit den peinlichen Dialog unterbrach. Er zog den Erzherzog zur Seite. »Wissen Sie, Hoheit, mit wem Sie da anbandeln?« flüsterte er.

Erzherzog Ludwig Viktor antwortete mit keineswegs gedämpfter Stimme: »Aber gewiß, Exzellenz, es ist Feodora, eine Tochter aus dem Fürstenhaus der Bukowina.«

Der Minister wurde noch leiser: »Und wissen Sie auch, wo die Bukowina liegt?«

Über die despektierliche Frage konnte Ludwig Victor nur staunen. Er antwortete wie ein Schuljunge: »Aber ja, an der Peripherie des Balkans.«

Belehrend ergänzte der Minister: »Die ganze Region der

Donaufürstentümer im Stromdelta gehört ohnehin zum Einflußgebiet unserer Monarchie. Was nützt dem Hause Habsburg eine Einheirat der Bukowina?« Er nahm den Erzherzog beiseite. Der Erzherzog wolle doch nicht etwa einen Fauxpas begehen, gab der Minister zu bedenken. Und mahnte daher: »Lassen Sie ab von der Dame!«

Doch Ludwig Victor ließ nicht ab. Das Paar tanzte weiter und verließ vorzeitig, doch sehr diskret gemeinsam den Ball. Auf dem Weg zur Kutsche bat der Erzherzog seine Eroberung, ihr alsbald einmal Kleßheim zeigen zu dürfen, sein Schloß bei Salzburg. Die Prinzessin zeigte sich angetan.

Als sie vor dem Hotel der Prinzessin hielten, wies der Erzherzog seinen Kutscher an, im Schlosse nicht über diesen nächtlichen Ausflug zu reden und ihn besonders vor dem Herrn Rittmeister geheim zu halten.

In seinen Zimmern schloß sich der Erzherzog mit seinem Gast ein, stellte kleine Gläser bereit und goß randvoll zwei Rum ein. »Es ist ein Flensburger Getränk, du wirst dich daran gewöhnen. Und ebenso daran, mich Victor zu nennen, Victor, den Sieger. Und besonders an den erwärmenden Liebesschmerz eines österreichischen Autors, dessen Zärtlichkeiten im Norden gern mit Rum, der Flensburger Narkose, genossen werden.«

Bei der Erwähnung des wärmenden Liebesschmerzes horchte Feodora auf. »Du meinst doch nicht etwa Sacher-Masoch? Dessen Bücher stehen bei meinem Vater im Bücherschrank –

unter Verschluß. Jahrelang habe ich vergeblich nach dem Schlüssel gesucht, jetzt plötzlich finde ich sie, völlig unerwartet, hier zu Besuch in den Zimmern eines fremden Erzherzogs.«

Victor spielte mit der Prinzessin alle drei Akte jenes Rollenspiels durch, das er einst mit Mamsell Christine in ihrem Flensburger Zimmer erlebt und das er fest in Verstand und Gefühl gespeichert hatte. Dabei kam ihm die Neugierde der neuen Partnerin entgegen und er konnte seine Rolle als Sieger schönstens ausfüllen, ja, in dieser Neuinszenierung sogar noch dramatischer kreieren. Und mit dem Höhepunkt rief er aus: »Für die landläufige Liebe in jedweder Variante habe ich jetzt den Generalschlüssel!«

In der anschließenden Manöverkritik, die diesmal bei Champagner vonstatten ging, konnte er jedoch sich selbst den Vorwurf des unvorhergesehenen Waffenwechsels nicht ersparen. Keinen Rohrstock zur Hand, mußte er einen Kleiderbügel ins Spiel bringen, eine unschöne Brutalisierung der Operation, die sich ein wenig mildern ließ, indem man das derbe Klatschen des harten gefühllosen Holzes mit dem pfeifenden Singsang des eleganteren Fetisch wenigstens in der Phantasie austauschte. Doch die vielseitigen Spielarten der Amouren mit Phantasie zu würzen, das konnte ja in jedem Fall nur eine Bereicherung sein.

Hinzu kam, daß der Bukowinischen Prinzessin der Rum nicht mundete, und Victor überlegte, ob es nicht angebracht sei, die Flensburger Narkose jeweils landschaftsgerecht anzupassen, hier mit Wodka oder Slibowitz, dort mit Ouzo oder Raki, auch vielleicht mal mit Genever oder Absinth, doch wohl niemals mit Doppelkorn, Kümmel oder Magenbitter. Gegen derart häßliche Vokabeln, die sich still in Victors Kopf einzuschleichen drohten, wurde er plötzlich laut und rief: »Christine, verzeih!«

»Ja, Christine, dir allein verdanke ich die Entdeckung einer neuen amourösen Welt«, sagte Victor einige Stunden später, nun wieder allein und von der beglückten Prinzessin verlassen, laut zu sich selbst, »ich sollte mich bei dir melden, dir schreiben, besser noch: dir ein Geschenk machen.« Er erinnerte sich gut, daß sie in einer ihrer Erzählungen damals den Wunsch nach einem großen starken Vogel geäußert hatte. Und hatte er nicht – welch ein Zufall! – einen großen weißen Papagei?

Er beriet sich, anderntags auf sein Schloß heimgekehrt, diesbezüglich mit La Blanche und fragte den Vogel, ob er Lust hätte, einer lieben Dame in Flensburg als Geschenk eine Freude zu machen. Der Vogel krächzte, Erzherzog Ludwig Victor deutete das als Zustimmung.

Gleich telegrafierte er seinem Bruder Maximilian und bat ihn, ihm seine Ordonanz, den einstigen Maat und jetzigen Leutnant zur See, für eine kurze Zeit abzustellen. »Ich brauche einen Postillion d'Amour, der zuverlässig einen Papagei von Salzburg nach Flensburg zu überführen versteht.«

Die Tage bis zum Eintreffen des Leutnants Woselak nützte Victor, La Blanche ein paar Worte der Begrüßung beizubringen. Eine erste Idee kam ihm: »Christine! In deinem Hotel, in dem ich mal als Page anfing, bin ich jetzt Majordomus und im Besitz des Generalschlüssels.« Doch der Satz war viel zu kompliziert, um ihn dem armen Vogel beizubringen. Also hieß es kürzen. Schließlich blieben drei Worte übrig: »Dank für Liebesdienst!«

Als Wenzel Woselak auf Schloß Kleßheim eintraf, konnte ihm der Erzherzog den sprechenden Vogel vorführen. Zugleich ermahnte er ihn, auf der langen Reise La Blanche die Begrüßungsworte immer wieder wiederholen zu lassen.

Wenzel Woselak, im Umgang mit sprechenden Vögeln erfahren, vertraute dem Gedächtnis seines Partners nicht allzu sehr und empfahl dem Erzherzog daher, dem Geschenk noch einen Brief beizufügen. Ludwig Victor griff nach einer Broschüre, einem Liebesbriefsteller, und damit war die Katastrophe bereits vorprogrammiert. Denn der Erzherzog, ungeübt im Umgang mit herkömmlichen Liebeserklärungen, verließ sich einzig auf die Vorlagen, und so strotzte sein Brief nur so von Herzensergüssen. Dann bat er den Matrose, den er ohne alle Vorsicht ins Vertrauen zog, den Brief zu lesen.

Der Leutnant zeigte sich diplomatisch, denn er erkannte, was dieser Brief für den Hof bedeuten könnte. »Ihre Zeilen, Hoheit, sind ja allzu herzzerreißend«, merkte er an und er riet, die Erklärung doch besser allein La Blanche zu überlassen. »Tiere haben das feinere Gefühl in Sachen Liebe. Spricht ein Papagei, klingt es manchem vielleicht wie Krächzen. Aber das Krächzen hat Seele, und ein Tier mit Seele trifft stets den richtigen Ton.«

Leutnant Woselak wählte die Eisenbahnverbindung über München nach Lübeck. Dort bemühte er sich um die Passage mit einem Schiff, das, für die Ostsee gechartert, den Hafen Flensburg anlaufen würde. Er hatte für seine Mission ein gutes Gefühl. Ein so hochrangiger Vogel aus den Tropen, als Postillion d'Amour eingesetzt, brauchte einen Auftritt, nicht per Bahn über Land, sondern per Schiff über See. Einst von weit über den Atlantik, über auf Seekarten derb markierten Routen, vorbei an Leuchtfeuern und Heulbojen war der Vogel transportiert worden, und nun weiter durch den von schmucken Inseln gesäumten Belt, am Ende begrüßt von winkenden Kindern am Förde-Ufer, vorbei an gestörten Sonntagsanglern, über Lotsenwechsel und Hafenzoll – das alles würde der pikanten Aufgabe die rechte Würze geben.

Der Leutnant fand den Austernkeller in Flensburg sogleich, und am Buffet fand er die Mamsell Christine Kröger. Sie war ganz anders, als er sie sich vorgestellt hatte, kräftig, zupackend und auf unschöne Weise dick. Es schien ihm zudem, als habe die Kaltmamsell den Vogel erwartet.

Zufrieden überprüfte sie seine Größe und bestaunte das ungebrochen weiße Gefieder, wieder und wieder dreht sie den Bauer in ihren Händen und betrachtete den Vogel von allen Seiten.

»Es ist ein Edellori vom Amazonas, ein Weibchen, und es hört auf den Namen La Blanche«, führte der vogelkundige Leutnant aus, doch bevor er seine Rede beenden konnte, war Christine mit dem Geschenk in ihrem Zimmer verschwunden.

Sie wollte mit dem Vogel allein sein. Sie ahnte, er habe ihr etwas zu sagen, und das mußte er ja nicht vor allen Gästen ausplaudern.

Allein in der Stube, sahen sich Christine und der Papagei in die Augen, der Vogel trat in seinem Bauer von einem Fuß auf den anderen, doch als sich La Blanche nach einigen Minuten sicher war, die richtige Ansprechpartnerin vor sich zu haben, krächzte sie ihre Begrüßung: »Dank für Liebesdienst!« Und sofort erinnerte sich Christine wieder an Victor, an diese Augen, diese traurigen Augen, die sie nicht vergessen konnte.

VIII. Nur ein Kollateralschaden

Einen Monat später traf im Hauptquartier, Eutin, ein Brief ein, gerichtet an Seine Hoheit Erzherzog Ludwig Victor. Der Sergeant der Feldpostzentrale wußte nicht, wohin er den Brief weiterleiten sollte und übergab ihn seinem Kommandeur, General Gablenz. Der warf nur einen Blick auf den Absender, Austernkeller Flensburg, und vermutete, auf der Durchreise sei eine Zeche offen geblieben. Er bestellte von Trautenau zu sich, übergab ihm das Schreiben und meinte dazu: »Damit müssen wir ja wohl nicht das Erzhaus behelligen. Regeln Sie das in aller Stille.«

Der Oberst war sich keiner Versäumnisse bewußt. Er öffnete zum Beweis den Brief, überflog schnell die Zeilen, erschrak unmerklich und las alsdann laut vor: »Als Wirt des Austernkellers muß ich Eure Hoheit davon in Kenntnis setzen, daß meine Angestellte, die Kaltmamsell Christine Kröger, für die ich mich verantwortlich fühle, ein Kind erwartet. Sie kann glaubhaft nachweisen, und eine Zeugin kann es bestätigen, daß Sie, Hoheit, Urheber ihrer Umstände sind. Ein Attest des Arztes, Dr. Lürssen, füge ich der Ordnung halber bei. Flensburg, den 15. April 1865, Fredrik Hinnersen.«

Der General und der Oberst schwiegen zunächst betreten. Doch schnell waren sie sich darin einig, den Brief nicht weiterzuleiten, nicht an den Erzherzog, geschweige denn an die Hofkanzlei in Wien. »Wir sollten das hiesige Oberkommando versammeln und die weitere Strategie beraten.«

Die Kommandierenden, die wenigen unbedingt nötigen Ordonnanzoffiziere und die Zivilbeamten der Intendantur versammelten sich bald darauf am Konferenztisch, die Offiziere waren bereits allesamt über den Inhalt des pikanten Briefes in Kenntnis gesetzt worden. Schnell herrschte eine Meinung vor: Dieser Vorgang sei, wenn auch leicht verspätet, noch dem Kriegsgeschehen zuzuordnen.

»Schäden aller Art«, belehrte General von Gablenz die Runde, »fallen in die Zuständigkeit der Fronttruppe. Und hier handelt es sich zweifelsfrei um einen zum Nachteil der Zivilbevölkerung entstandenen Kriegsschaden.«

Nun übernahm Freiherr von Hruby das Wort. »Für die Regulierung berechtigter Ansprüche hat die Armee-Verwaltung einen Fond zur freien Verfügung. Um die Forderung des gewissen Fräuleins zu überprüfen, sollte man mit einer Delegation nach Flensburg reisen. Ich nehme Schecks wie Bargeld mit, dazu die üblichen Formulare für die Verzichtserklärung. Sie werden sehen, meine Herren, wie schnell sich der Fall lösen läßt.«

General von Gablenz fügte hinzu: »Betrachten wir einfach das amouröse Abenteuer als eine Attacke eines Feldherrn ohne Fortune.« Jetzt konnten selbst die angespanntesten Herren in der Runde befreit auflachen.

Oberst Ritter von Trautenau wurde zum Leiter der Delegation ernannt. Am nächsten Tag brachen er, der Intendant und einige Begleiter auf.

IX. Liebe ist Lüge

Gastwirt Fredrik Hinnersen hatte sich auf den Besuch aus Eutin bereits vorbereitet und freute sich über die schnelle Reaktion des Militärs. Daß der Erzherzog abwesend blieb, war ihm nur recht, also schickte er auch Mamsell Christine auf ihr Zimmer. Die Verhandlungen, so meinte er, ließen sich ohne die direkt Beteiligten sicher sachlicher regeln.

In der Gaststube des Austernkellers waren einige Tische zu einer Tafel zusammengestellt, an deren Mitte der Wirt seinen Platz einnahm. Nachdem ihm die Gäste die in Aussicht gestellte

Bereinigung der peinlichen Affäre durch eine finanzielle Hilfe kundgetan hatten, hob er zu einer schroffen Rede an: »Eine Abfindung des Fräuleins Christine Kröger ist eine Beleidigung der werdenden ledigen Mutter, eine Beleidigung der neuen konservativen christlich-preußischen Ordnung.« Und er ereiferte sich beinahe eine Viertelstunde über die Sittenlosigkeiten der Kriegsparteien und hob immer wieder das Elend der kleinen Leute hervor.

Der Oberst blieb trotz alledem ganz sachlich: »Am einfachsten ist es, einen hiesigen Vater zu finden, eine Ehe zu stiften und dem neu geborenen Kind einen guten deutschen Namen zu geben.« Das dürfte angesichts der vielen jungen männlicher Gäste in der Restauration sicher nicht schwer sein, meinte der Intendant.

Doch er wurde vom Wirt zurechtgewiesen: »Gewiß, viele jungen Leutnants machten der hübschen Mamsell schon mal schöne Augen. Aber einen von ihnen gegen Geld für die Vaterschaft zu gewinnen, das geht doch wohl, sagen Sie es selbst, meine Herren, das geht doch wohl gegen die Offiziersehre.«

Die aus Offizieren bestehende Delegation sah das ein. Oberst Ritter von Trautenau entgegnete: »Sicher verkehren bei Ihnen doch auch Offiziersanwärter, die von einer Beleidigung geringer betroffen sein dürften.«

»Ja, da gibt es unter den preußischen Wehrpflichtigen die privilegierte Klasse der Einjährig-Freiwilligen«, erklärt Hinnersen, »das sind Söhne standesgemäßer Familien, die gegen Ehrverlust nicht so empfindlich sind. Ich denke da etwa an den Sohn meines Wurstlieferanten Friedrich Frose, eine Familie aufrechter deutscher Gesinnung. Der Sohn möchte gern aus dem väterlichen Geschäft aussteigen und sich selbständig machen. Aber so eine eigene Fleischerei kostet Geld.«

Die österreichische Militärdelegation beriet sich kurz, dann gab sie sich geschlagen.

Man bat, den Wurstlieferantensohn herzubestellen. Und der junge Eduard Frose war leicht zu gewinnen. »Seit langem schon umwerbe ich Fräulein Christine, ohne jedoch erhört zu werden«, erklärte der picklige Junge leutselig, »doch wenn ich in Zukunft kein Kommis mehr sein werde, sondern ein angesehener selbständiger Gewerbetreibender, verbessern sich sicher meine Chancen.«

Die Militärs und der Wirt zeigten sich zufrieden. Doch bevor der Armee-Intendant das Finanzielle zu regeln begann, fragte der Oberst ernsthaft, ob der junge Frose nach der Eheschließung mit der Jungfer Kröger das von ihr erwartete Kind ohne weiteres als sein eigenes anerkennen werde. Darüber dachte Eduard Frose nicht weiter nach, er hatte nur sein eigenes Geschäft vor Augen. »Ja sicher«, sagte er daher ganz selbstverständlich.

»Und stören Sie sich nicht daran, daß das Kind nicht von Ihrem eigenen Fleisch und Blut ist?«

Der zukünftige Schlachtermeister verstand die Metapher nicht, Fleisch und Blut kannte er nur als Fleisch- und Wurstware.

Doch der Oberst ließ es dabei bewenden. Die Kaltmamsell

wurde ebenso hergeholt, man teilte ihr die Vereinbarung mit, auf ihre Zustimmung wartete man nicht. Nachdem Vertrag, Quittung und Verzichtserklärung unterzeichnet waren, wurde das junge Paar entlassen. Der junge Frose bedankte sich bei den Herren des Armee-Oberkommandos und wurde nicht müde, den Krieg zu loben, der ihm alle Wünsche mit einem einzigen Militärschlag erfüllt hatte. Er dankte auch dem Wirt für dessen Vermittlung und versprach ihm, sobald er sich etabliert habe, bevorzugte Lieferungen für den Austernkeller.

Christine Kröger übergab die Aufsicht über das kalte Buffet noch förmlich der Serviererin Liesel und ermahnte sie, den militärischen Wohltätern stets ausgesucht freundlich zu begegnen. Dann packte sie den jungen Eduard Frose, der noch immer dumm herumstand, und schob ihn zur Tür hinaus, treppauf in ihre Wohnung.

Die Delegation sah dem Paar stumm hinterher. In die Stille hinein begann der junge Leutnant Karl Komcak vor sich hin zu singen »Sie hatten sich Liebe geschworen, / doch sie hat an einen anderen gedacht. / So ward die Lüge geboren / schon in der ersten Nacht / …«

Nach den ersten Textzeilen verbat ihm der Oberst den Mund. »Leutnant, hier geht es nicht um eine Mamsell, hier geht es um eine Monarchie!«

Obwohl der Wirt sich nicht einmischen wollte, konnte er nicht mehr an sich halten: »Aber Herr Oberst! Der junge Herr Leutnant hat doch Recht, Liebe ist Lüge! Ich sehe es doch Abend für Abend, wie sich die jungen Offiziere und meine

Serviererinnen beturteln. Die Worte, oftmals in zwei Sprachen, verstehe ich zwar nicht, aber der Ausdruck ihrer Gesichter und das Spiel ihrer Hände verrät mir deutlich, daß die Paare verliebt spielen und verlogen anbändeln.«

Die österreichischen Offiziere jedoch zeigten ihm sofort sehr deutlich, daß er nun kein Gesprächspartner mehr für sie war. Aber sein Bier trinken!

Gerade als der Wirt überlegte, ob er den Abend für beendet erklären und die Tafel aufheben sollte, betraten zwei verspätete Gäste das Restaurant, ein Pärchen.

Der Oberst winkte dem Mann zu, es war Major Treviso, Reserveoffizier seines Regiments und als Kunsthistoriker Schöpfer des legendären Tableau vivant während der deutsch-dänischen Inselspiele auf Mors. Auch an des Majors Begleitung konnte sich der Oberst erinnern, sie war damals als Erbin von Burgund seine Partnerin auf dem Triumphwagen Kaiser Maximilians I. gewesen. »Kommen Sie, Major, setzen Sie sich zu uns. Wir sprachen gerade über die Liebe.«

Der Bataillonskommandeur fand mit seiner Begleitung zwei freie Plätze an der Tafel. Und fand sich gleich ins Gespräch ein: »Wir Italiener sprechen ungern über Liebe, wir machen Liebe. Und das, was man dazu braucht, habe ich mir mitgebracht. Sie alle kennen sie!«

Ja, er erkenne sie, entgegnete von Trautenau, und der Intendant, Freiherr von Hruby, ergänzte: »Alle Achtung, Kamerad!«

Oberst Ritter von Trautenau wollte verhindern, daß das Gespräch allzu anzüglich würde und wandte sich über die Köpfe der Runde hinweg an die Begleiterin: »Na, Fräulein Annegret, wie war denn Ihre Wien-Reise?«

Wurde jetzt von einer schlichten Holstein-Deern aus dem ländlichen Sommersted ein Loblied auf die quirlige Donau-Metropole verlangt? Mußte Annegret sich für den Preis dankbar zeigen? Sie überlegte kurz und begann dann ehrlich ihren Bericht: »In der Hofreitschule war der Tanz der Pferde doch reichlich affig und absolut nutzlos. Doch sehen wir es den Reitern nach, Lipizzaner sind eben keine Holsteiner.«

An den Gesichtern der Zuhörer merkte das Landkind, daß eine solche Kritik an ihrer Hauptstadt bei den Österreichern nicht gut ankam, und die junge Dame entschloß sich zu einer positiven Wende ihres Berichts. »Mein Besuch am Hofe dagegen hat mich tief bewegt. Ich konnte tatsächlich den Kaiser sehen! Und wurde vorgelassen! Ich stellte mich ihm brav als Schönheitskönigin vor, worauf er erwiderte, auch er sei König, wenn auch nur von Böhmen, doch hoffentlich bald auch von Ungarn. Ich wollte ihn beglückwünschen, worauf er herrschaftlich abwinkte. ›Danke, ma sœur‹, sagte er, ›immerhin bin ich nebenbei ja auch noch Kaiser.‹ Vom mächtigen Herrscher eines so großen Reichs als Schwester in den Kreis der monarchischen Familien aufgenommen zu sein, machte mich stolz. Nun spielte auch Jütland mit im Konzert der europäischen Nationen.«

Annegret genoß die Anerkennung ihrer Zuhörer und schloß: »Gleich sah ich Wien mit anderen Augen. Die Lipizzaner waren doch redlich um ein kunstvolles Ballett bemüht, und so eine Fiakerfahrt auf den Prachtstraßen einer Metropole ist doch etwas anderes als ein Querfeldein mit dem Ackerwagen über die staubigen Pfade Holsteins.«

Ringsum applaudierten die Österreicher, doch Annegret brachte sie mit einer Armbewegung zum Schweigen. »Warten Sie mit Ihrem Beifall, meine Herren, denn ich bin mir nicht sicher, ob ich mich beim Abschied richtig verhalten hatte. Der Kaiser beendete die Audienz mit den Worten: ›Es war sehr schön, ma sœur, es hat mich sehr gefreut.‹ Da wollte ich dem alten Herrn auch etwas Nettes sagen, ich erinnerte mich an meinen Französischkurs einst in Kiel und erwiderte: ›Auch mich hat es sehr gefreut, mon frère!‹ Ich schenkte dem Kaiser zur Erinnerung die Titelseite der Jydske Vestysten, die mich als Erbin von Burgund auf dem Triumphwagen wirkungsvoll zur Geltung brachte, und reichte ihm den Arm zum Handkuß.«

Freiherr von Hruby fühlte sich unter dem aktiven Militär dem Wiener Hofprotokoll am nächsten und somit zu einer Antwort verpflichtet. »Sie konnten, mein Fräulein, als Königin auf dem diplomatischen Parkett nicht sicherer auftreten, alle Hochachtung!«

Dankbar sah die Schönheitskönigin den distinguierten Herrn an, der gewiß als Staatsmann an vielen Höfen Europas zuhause war. Der Intendant genoß diesen Blick der jungen Dame und verstand ihn als Bestätigung.

Major Treviso fand, das Gespräch ufere aus, und er bemühte sich, das Thema Liebe in einen halbwegs begradigten Flußlauf zu betten. »Wir sehen die Liebe immer nur als Triebkraft der Schöpfung«, ereiferte sich Treviso, »nein, Kameraden, damit erschöpft sich die Liebe keineswegs. Vergessen wir nicht auf höherer Ebene die Liebe zur Kunst, zur Musik, zur Heimat, zur Natur, zu den schönen Dingen unseres Lebens und die Liebe zu Gott ...«

Nun fuhr der Oberst dazwischen: »Die Liebe zur Armee nicht zu vergessen, zu unserem Kaiser, dem Herrscher über die deutschen Länder ...«

Politik mußte Fredrik Hinnersen in seiner Gastwirtschaft nicht dulden. Er erhob sich. »Meine Herren, verzeihen Sie mir, aber streiten Sie über politische Fragen nicht lieber auf dem Feld? Im Übrigen erinnere ich mich, daß es anfangs an dieser Tafel um eine fassbare Gebrauchsliebe ging, und da haben wir doch reichlich Gutes getan. Wir haben eine Ehe gestiftet, einem Kind den Vater gegeben, eine Monarchie gerettet und eine Fleischerei gegründet.« Hinnersen hob nun sein Glas zum Toast: »Die Liebe, die hier und heute im Austernkeller zu Flensburg geboren wurde, gereicht dieser neu gegründeten Familie gewiß über viele Generation zu herzlichstem Miteinander.«

X. Ringsum drohte das Dänentum

Der junge Eduard Frose, mit 25 Jahren plötzlich recht wohlhabend, ohne Schwierigkeiten vom väterlichen Geschäft gelöst und frisch vermählt, fand für seine Fleischerei eine zentral gelegene Immobilie mit breiter Ladenfront am Holm nahe dem Südermarkt.

Zu der nicht unbedeutenden Starthilfe aus dem Fond der österreichischen Armee kam die schnelle Erteilung der Gewerbeerlaubnis durch den Oberpräsidenten der nunmehr preußischen Provinz, der mit dem Einzug des Friedens den Standortkommanten abgelöst hatte. Und die Stadt Flensburg stellte dem Fleischergesellen ohne Umstand den Meisterbrief aus.

Der Herzog von Schleswig, seines königlich-dänischen Lehnsherrn verlustig, war nun schutzlos der Enteignung durch die preußische Hegemonie ausgeliefert, behielt aber zum Schein ein paar bedeutungslose Rechte. So durfte sich Eduard Frose mit dem Titel Herzoglicher Hoflieferant schmücken.

Das Angebot aus Kopenhagen, das benachbarte Königreich in der so nahen Hafenstadt Süd-Jütlands als Honorarkonsul zu vertreten, lehnte der junge Unternehmer ab. Die Zeiten dänischer Eintracht waren Vergangenheit, nach den Erfolgen preußischer Waffen regelte der Patriotismus des Siegers die Gesinnung – Flensborg war passé, Flensburg sprach deutsch.

Fleischermeister Frose dekorierte seine Ladenfront mit schwarzen und weißen Wimpeln, den Farben Preußens, sparsam unterbrochen vom Rot-Weiß der Freien Hansestädte. Daß er damit das Schwarz-Weiß-Rot des künftigen Deutschen Reichs, aber auch eine vorauseilende vaterländische Gesinnung bereits vorweg nahm, wurde ihm nur langsam bewußt.

Der junge aufstrebende Geschäftsmann war bei den deutschen Kunden sehr beliebt, und so erlaubten es ihm die steigenden Einnahmen, sich schon bald um den Erwerb eines privaten Wohnsitzes zu bemühen.

An Angeboten leerstehenden Wohnraums mangelte es nicht, verließen doch etliche alte Flensburger der dänischen Volksgruppe ihre lieb gewonnene Heimat, bevor sich über die einst blühende bunte Handels- und Hafenstadt das Stahlgrau einer provinziellen Garnison legte.

Frose und seine Frau Christine gingen vielen Zeitungsannoncen und Maklerofferten nach und besichtigten hübsche Objekte an der terrassenförmig zur Förde fallenden Hügelwand, doch jedes Mal, wenn sich Christine für eine Immobilie zu begeistern begann, stoppte Eduard ihre Euphorie mit den Worten: »Ick köp nich von'n Dänen!«

Bald setzte das Ehepaar Frose seine Suche in einer schlichteren Wohngegend fort. Am Ende kam es zum Erwerb eines einfachen schmalen Reihenhauses in der Norderstraße. Das enge Häuschen war zwar renovierungsbedürftig, dennoch war die erste Etage bewohnbar. Und so konnte Christine ihr Kind im eigenen Heim zur Welt bringen.

Es war ein Mädchen und erhielt den Namen Agnes. Diese Tochter erfreute sich der innigen Zuneigung ihrer Mutter, mußte diese Liebe allerdings mit dem Papagei La Blanche teilen. Der Vogel war die Nummer Eins, er bekam sein Essen, bevor die Familie zu Tisch saß, der Bauer war reinlicher als die Wohnung, und wenn Christine sich zu unterhalten wünschte, wählte sie das Tier zum Gesprächspartner.

Sie fragte den Vogel, ob er manchmal an Schloß Kleßheim im Salzburger Land zurückdenke, und übersetzte sich eigenwillig seine krächzende Antwort: »Selten! Lieber erinnere ich mich an die Seefahrten, damals als Jungtier über den Atlantik und durch das Mittelmeer, später über die Ostsee, backbord das grüne Dreifördeland, steuerbord fern die heiteren Inseln Dänemarks.«

Gern fuhr Christine auf einem Globus, den sie aufgestellt hatte, die Reiseroute des Tieres mit dem Finger nach. Immer, wenn auf des Papageis Reiseroute die Insel Als in Sicht kam, verschluckte Christine die Endbuchstaben des jetzigen Namens Alsen. Dann führte sie den einseitigen Dialog mit dem munter krächzenden Tier auf Dänisch weiter.

Mit der Zeit wurde Eduard eifersüchtig auf diese allzu herzliche Beziehung, er konnte das mit dem Krächzen vermischte Dänisch nicht mehr hören. Doch Christine wehrte sich standhaft gegen die Entfernung des Vogels. Also zog Frose aus und richtete sich auf dem Gelände seines Betriebs, in einem ehemaligen Schuppen neben dem neu hinzugekommenen betriebseigenen Schlachthaus eine bescheidene Wohnstatt ein.

Die sehr gut laufenden Geschäfte erforderten die Einstellung eines Altgesellen und eines Lehrlings. Für den Laden engagierte Frose außerdem eine junge Verkäuferin, und auch einer robusten Marktfrau verschaffte er die Konzession für seinen neu etablierten Fleisch- und Wurstwarenstand auf dem Südermarkt.

Eduard Frose bemühte sich, ein beliebter Chef zu sein, besonders die beiden Frauen band er mit Charme nicht nur an sein Geschäft, sondern auch an seine Person, wobei er allerdings jede etwa aufkommende Verliebtheit im Keim zu ersticken verstand. Man versah den Beischlaf wie jede andere zu erledigende Arbeit. Morgens wachte Frose stets allein in seinem Bett auf, so wollte er es auch haben.

Daß Frose nicht bei seiner Frau und seiner Tochter wohnte, irritierte die meisten Flensburger nicht. Er arbeitete hart, oft bis spät in die Nacht, da war keine Zeit, heimzugehen. Und Christine kam mit Agnes im Laden vorbei, half manchmal aus, vor allem aber wusch sie seine Wäsche. Sie waren eine normale Familie.

Einmal im Jahr lud Frose seine Belegschaft zu einem Betriebsausflug ein. Bei der Förde-Reederei buchte er eine ganztägige Schiffsfahrt mit Abendunterhaltung zum Gruppentarif. Dabei war der Hinweis, besonders den beiden Damen ein Vergnügen zu bereiten, nur ein Vorwand, um selbst einen unterhaltsamen Tag zu erleben. Er setzte sich mit seinen Mitarbeitern auf die

Backbord-Seite des Oberdecks, um unterwegs ein paar nützliche Erklärungen loszuwerden. Immerhin durften die Ruhmesstätten des siegreichen 64er Krieges ja nicht in Vergessenheit geraten.

Vorbei am schmalen Ekensund erzählte er, hier hätten die tapferen preußischen Pioniere im Februar 1864 über den Sund eine Brücke geschlagen, ohne sich vom heftigen Granatengewitter aus den Rohren des dänischen Panzerkreuzers Rolf Krake stören zu lassen.

Bislang eingeengt von den Halbinseln Holnis und Broacker befreite sich die Binnenförde, um in der Weite der Außenförde dem vor Anker liegenden Feuerschiff Flensburg zuzustreben – eine Attraktion der Waterkant für die binnenländischen Touristen.

Doch bevor diese Attraktion erreicht war, mußten die Passagiere sich die Namen der küstensäumenden Badeorte und Fischerdörfer – dröhnend über Lautsprecher vom Schiffsführer aufgezählt – eintrichtern lassen: »Steuerbord Langballigholz mit seinem Badestrand Langballigau.«

Eduard Frose verschwendete keinen Blick an die Mädchen in ihrer fast unzüchtig knappen Badekleidung, die vom Schiffsführer als Badenixen erklärt wurden, und ihre nutzlose Beschäftigung als Sonnenbaden. Er sah keine Waden und keine Oberarme, das alles interessierte ihn wenig.

Frose streckte stattdessen seinen Arm nach Backbord aus und lenkte seine Belegschaft auf die glorreiche Geschichte der blut- und eisengetränkten Hügel von Sundewitt. »Hier versuchten die Dänen hinter den Düppeler Schanzen vergeblich, ihr kleines, hübsches, doch bedeutungsloses Inselchen Alsen zu schützen. Man muß sich wirklich ernsthaft fragen, was heute von diesen lärmenden Apriltagen von 1864 geblieben ist.« Beflissen hielten die Betriebsausflügler Ausschau, entdeckten aber nichts. »Sucht nur, meine Freunde! Nichts ist geblieben, rein gar nichts, nur die spätere Siegessäule der Preußen, 22 Meter hoch mit ihren vier steinernen Figuren am Sockel: ein Grenadier, ein Jäger, ein Kanonier und ein Pionier. Aber auch sie sucht ihr vergebens!« Der Schlachtermeister malte seinen Zuhörern das Bild der vier lebenden Soldaten aus. »Noch waren sie nicht aus Sandstein gehauen, sie ruhten und biwakierten in der Heckenlandschaft von Sundewitt. Papa Wrangel ritt vorbei und rief ihnen leutselig zu: ›Abkochen könnt ihr später. Erst einmal werden die Schanzen gestürmt!‹ Die Männer pflanzten das Bajonett auf und füllten die Magazine ihrer Zündnadelgewehre. Sie ließen die Kochgeschirre über der Feuerstelle zurück und trotteten dem Pferd ihres Kommandierenden Generals hinterher.«

Jetzt kam der Fleischermeister zum Höhepunkt seiner Kriegsdöntjes, die gern und jedes Jahr wieder neu von ihm erzählt wurden. Es war die rührende Geschichte vom braven Musikmeister Gottfried Piefke aus Frankfurt an der Oder. »Abkommandiert zum Spiel an der Front, positionierte er sein aus gemischten Waffengattungen zusammengestelltes Musikkorps bei Düppel und begleitete den ersten Sturm auf die dänischen Schanzen mit dem ›Hohenfriedberger‹, der legendären Ruhmesfanfare Preußens. Da konnte nicht nur der eine oder andere Grenadier, selbst Papa Wrangel konnte mitsingen: ›Auf Ansbach-Dragoner, / Auf Ansbach-Bayreuth ...‹ Plötzlich detonierte neben Musikmeister Piefke eine feindliche Granate und riß ihm den Taktstock aus der Hand. Nur nicht den Marsch unterbrechen, befahl ihm die innere Stimme der preußischen Pflicht, und nicht die stürmenden Kameraden des Kampfesmuts berauben! Geistesgegenwärtig zog er seinen Degen aus der Scheide und dirigierte mit ihm den ›Hohenfriedberger‹ weiter, bis der Preußische Adler auf den Schanzen ihm die Kapitulation des Gegners verkündete. Daheim verarbeitete er seine Heldentat zu einer Komposition mit Paukenschlag und Pikkoloflöte, die er ›Düppeler-Schanzen-Sturmmarsch‹ nannte.«

Und jedes Mal schloß Frose seinen Bericht mit dem Satz, der für Jahrzehnte in den Schullesebüchern des kommenden Deutschen Reichs obligatorisch war: »Den demolierten Dänen lagen die schmetternden Rhythmen der Preußen noch lange in den Ohren!«

Frose, dem es doch manchmal zu einsam wurde in seinem Verschlag, verschaffte sich nämlich indem er nach der Arbeit begeistert in den Militärgeschichten las, die nun zuhauf auf den Buchmarkt drängten.

Gegen Abend wurde es kühl an Deck, auch war man die landschaftlichen Schönheiten satt. Frose bugsierte seine Belegschaft in den Salon unter Deck, in dem für den Betriebsausflug ein Tisch zum Abendessen reserviert war. Das Menü war im Pauschalpreis der Fördefahrt enthalten, nur die Getränke waren extra zu bezahlen. Frose zeigte sich spendabel. An so einem fröhlichen Tag galt es, an nichts zu sparen.

Nach dem Essen betrat die Musik das Podium, vier Hoboisten des Marine-Musikkorps in Mürwik, die sich ihren kärglichen Sold gelegentlich als Tanz- und Unterhaltungsmusiker bei der Förde-Reederei aufbesserten. An diesen Abenden vergaßen sie gern das Repertoire, mit dem sie in der Kaserne zu Kameradschaftsabenden aufspielten. Hier an Bord boten sie ein volkstümliches Programm; speziell für die Touristen aus dem Binnenland, die sich hier so hoch im Norden nicht allein an Deck der Seebriese aussetzen wollten, sondern auf dem Tanzparkett des Salons auch den wind- und wetterharten Rhythmen der Waterkant.

Doch eröffneten sie das Abendprogramm erst einmal sanft mit »O Susanna, wie ist das Leben doch so schön« und forderten das Publikum auf, sich zur Polonaise zu formieren. Heiter wälzte sich die Schlange durch die Tischreihen. Die Damen eines Kegelvereins aus Berlin kannten den Text dazu und sangen kreischend mit: »Trinken wir noch ein Tröpfchen, / Trinken wir noch ein Tröpfchen / Aus dem kleinen Henkeltöpfchen!« Die eine oder andere Kegelschwester prostete einem gerade erreichbaren Herrn zu.

Nach der Eröffnung fühlte sich die Kapelle verpflichtet, in die überbordende Stimmung auch die Herrschaften einzubeziehen, die sich bislang nicht auf das Tanzparkett getraut hatten, und forderten sie auf, sich unterzuhaken und zum nun folgenden Friesenlied zu schunkeln. Der Trompeter setzte das Instrument ab, trat an die Rampe und trällerte, den Text ein wenig der Ostseeküste Schleswig-Holsteins angepasst:

»Wor de Ostseewellen trekken an den Strand, / Wor de geelen Blöme bleuhn int gröne Land, / Wo die Möwen schrien gell int Stormgebrus, / Dor is min leewes Flensburg, dor bün ick to Hus«, und in der zweiter Strophe mit einer Eloge an den Standort ihrer Kadettenschule: »... Dor is min leewes Mürwik / Dor bün ick to Hus«.

Frose spürte, wie peinlich seinen beiden Frauen das Schunkeln war, da ergriff er die junge Verkäuferin, bugsierte sie auf die Tanzfläche und drehte mit ihr einen Walzer zum »Friesen-Lied«. Der Altgeselle, von seinem Arbeitgeber zuvor in die Rippen gestoßen, führte die Marktfrau auf das Parkett. Der Lehrling blieb allein am Tisch zurück und machte sich über die halbleeren Biergläser der Kollegen her, trank sie aus und erzwang so eine Neubestellung in der nächsten Tanzpause.

Es gab noch viele Tanzpausen an diesem Abend, und Frose fühlte sich – dachte er an die elenden Gesellenjahre bei seinem Vater zurück – jetzt erst richtig als Herr. Er bestellte die Getränkekarte rauf und runter und ließ den Steward laufen. Insgeheim freute er sich, dieses derbe Vergnügen ohne seine Ehefrau, die sich entschuldigen ließ, genießen zu können und sich nicht anzuhören zu müssen, wie viel vornehmer es einst im Austernkeller war, wo es zwar auch zuweilen hoch herging, wo die Stimmung allerdings aus den Kehlen näselnder Offiziere kam, wenn nicht gedämpft »im warm wellenden Wienerisch eines Erzherzogs«.

Seiner Ehefrau waren derart derbe Belustigungen ohnehin zuwider, sie strebte nach höherem Kulturgenuss. Ein Theaterabonnement zwang sie zu jeder Premiere des Landestheaters. Sie hatte ihren festen Platz in der vordersten Reihe des I. Rangs.

Dort wartete sie, bis aus dem unteren Parkett die ersten Zurufe kamen: »Modda Fros', häst de Knakkwürscht mit?« Dann öffnete die Schlachtersfrau Frose ihre Tasche und warf weit streuend Knackwürste ins Parkett. Das Theaterpersonal hatte Anweisung, nicht einzuschreiten, brachte doch die Popularität der bekannten Fleischersgattin dem Landestheater erhebliches Ansehen in den schöngeistigen Kreisen Flensburgs – und stets ausverkaufte Premieren.

Gelegentlich mußten die Eheleute Frose Familienprobleme gemeinsam besprechen, so etwa die Anmeldung der Tochter für das Lyzeum. Christine wollte Agnes – ihrer hohen Herkunft väterlicherseits entsprechend – eine bestmögliche Ausbildung verschaffen, was der Stiefvater nicht ganz verstehen wollte.

»Lyzeum? Da lernt sie doch Fremdsprachen. Und ich frage dich: Was soll ein Mädchen mit Fremdsprachen?« Er erinnerte daran, daß seine Frau in ihrer Jugend ja auch mal ein Buch auf Dänisch gelesen habe. »Und was hat es dir gebracht? Nichts, rein gar nichts.«

Christine und der Papagei sahen sich an, sie wußten es besser. Der Vogel bemerkte die aufkommende Zwistigkeit in dieser Gemeinschaft, für deren friedlich-liebevolles Zusammenleben er sich als Mitbegründer der Familie zuständig fühlte. Mit leisem, aber beherrschtem Gurren gab er zu verstehen, die beiden Streithähne mögen doch einen Kompromiß finden. So jedenfalls interpretierte Christine seine Laute. Frose, der den Vogel nurmehr haßte, wollte dagegen rasch wieder zurück in seinen Betrieb, und ging daher halbherzig in die Verhandlungen.

Schließlich einigten sich die Eheleute darauf, Tochter Agnes in der Haushaltsschule Kronprinzessin Viktoria, einer hochherzigen Stiftung des Berliner Lettevereins, besuchen zu lassen.

»Mit einer derart profunden Ausbildung, gepaart mit der strengen Schulung in preußischen Tugenden, kann sie sich später selbst in herrschaftlichen Häusern als Hausdame bewerben«, bekräftigte Vater Eduard den Beschluß. »Denn heiraten wird unser Pummelchen wohl kaum, so unscheinbar wie sie ist, und dann auch noch schwerhörig.«

Mutter Christine lag eine Entgegnung auf der Zunge, hielt sich jedoch zurück.

Daher konnte ihr Mann noch eine Sottise anfügen: »Nun, das ist eben das Erbgut dieses inzestuösen Erzhauses.«

Ihren Einwand »Wenigstens die schönen Augen des leiblichen Vaters hat sie, nicht deine mitleidslosen Stahlaugen« konterte Eduard ohne Mühe: »Du meinst, diese traurigen Augen? Wenn das Mädchen damit einen Verehrer anglubscht, spricht aus dem Blick doch nur: Du suchst Liebe? Vergiß es!«

Einige Jahre später ging es um die Anmeldung der Tochter zu einem Tanzkursus, und ohne elterliche Diskussion fand Agnes einen Platz im Kursus der deutsch-dänischen Tanzschule Elvira Madigan bei der Tanzlehrerin Hanna Heinrichsen und ihrer Tochter Julietta.

Doch ließen sich die Probleme nicht verdrängen, allenfalls kurzfristig verschieben. Schon nahte das Ärgernis!

Kurz vor dem Abtanzball stellte die Tochter den Eltern ihren Tanzpartner vor, einen gutaussehenden und korrekt gekleideten jungen Mann mit nur einem Fehler: Erik Assmussen entstammter einer gemischt dänisch-deutschen Familie. Er selbst, Erik, bei der deutschen Mutter in Flensburg aufgewachsen, war Abiturient des deutschsprachigen Förde-Gymnasiums, während sein nur wenig älterer Bruder Olof mit dem Vater nach Kopenhagen gezogen war, wo er nach einer Photographenlehre sein eigenes Studio eröffnete.

Da er allein von künstlerischen Porträts nicht leben konnte, erweiterte er später seinen Betrieb mit der Produktion pornographischer Aktphotos und erkämpfte sich den norddeutschen Markt mit humorvollen Szenen schwuler Seeleute, wobei die Bekleidung mit Matrosenbluse und -Mütze in reizvollem Verhältnis stand zur restlichen Blöße der Blauen Jungs.

Das alles erzählte der junge Erik Assmussen den Eltern seiner Partnerin selbstverständlich nicht, denn dieses Ereignis lag ja in der Zukunft.

Er sagte nur forsch: »Wir haben uns für den Ball zum Turnier angemeldet.«

Nun konnte der alte Frose seinen Ärger loswerden, vermied aber die direkte Kränkung des Dänentums und meinte nur: »Junger Mann, das sollten Sie sich noch einmal überlegen. Mit unserem Pummelchen werden Sie keine gute Figur machen. Im Übrigen kann Agnes, so schwerhörig wie sie ist, bei den Tanzschritten ja nicht den Takt halten. Von der Musik versteht sie keinen Ton, nicht einmal die Trompete oder gar die Trommel ...«

Worauf Erik allerdings forsch erwiderte: »Umso behutsamer werde ich Agnes zu führen wissen.«

Dieser Einwand allerdings beeindruckte den alten Frose schon.

XI. Degradiert zum Korkenvertreter

Für den Abtanzball mietete Frau Hanna Heinrichsen den Saal im Deutschen Haus, während sich ihre Tochter Julietta um eine dänische Kapelle bemühte und das Orkester Tippe Lumbye aus Kopenhagen engagierte. Die Musiker eröffneten den Ball mit einer Polonaise und spielten dazu einen frisch aus Amerika importierten wilden Tanz – für die Eltern Frose ein Grund, das Fest vorzeitig zu verlassen. So blieben Erik und Agnes nach dem für sie chancenlosen Turnier wenigstens die ironischen Bemerkungen des Vaters erspart.

Dabei machte das junge Paar auf dem Parkett gar keine so schlechte Figur. Die Mutter hatte Agnes hübsch ausstaffieren wollen: »In einem weißen Kleid ist jedes Mädchen eine Schönheit.« Leider aber stand das Kleid der jungen Dame gar nicht.

Erik störte sich daran nur wenig. Er hatte seine Partnerin fest im Griff und führte sie mit dem Druck der Hüfte sicher durch den Saal.

Agnes bemühte sich, da sie die Musik kaum hörte, die Kapelle ständig zu beobachten, und geriet sie ihr bei einer Drehung einmal aus den Augen, fragte sie laut ihren Partner: »Tuuutese noch?«

Die meisten Punkte gab die Jury dem Paar Assmussen / Frose für den Walzer, womit es ein paar Patzer in einem rhythmisch komplizierteren Modetanz ausgleichen konnte.

Wenn auch keinen Preis, so errangen beide doch in der Gesamtwertung den vierten Platz. Erik nahm das zum Anlaß einen Antrag zu machen. Das Mädchen war ganz nett, die zu erwartende Mitgift erheblich.

Um seine Gesinnung kontrolliert zu vererben, teilte Eduard Frose die Wohnung in der Norderstraße nach dessen Eheschließung im Jahre 1886 mit dem jungen Paar. Es fiel ihm leicht, da er selbst dort ja eigentlich nicht mehr wohnte.

Zudem engagierte er den Schwiegersohn als Dekorateur für seine Schaufenster. Erik brillierte mit vielen hübschen Einfällen, und am Sedanstag, dem Jahrestag des deutschen Sieges gegen den

Kaiser der Franzosen, trieb ihn sein Eifer sogar zu einem Kunstwerk: Aus Innereien wie Leber, Nieren und Bregen, kombiniert mit ein paar Würstchen und sparsam garniert mit etwas Gemüse, formte er das Porträt Bismarcks.

Leider versagte ihm die deutsche Kundschaft die Anerkennung, und Erik mußte seinen Bismarck wieder zerlegen und in die Fleischtöpfe zurückwerfen. Das wiederum deuteten die Kunden als eine abermalige Beleidigung des Eisernen Kanzlers. Es kam zu einigen Protesten im Geschäft, und manch eine Kundin mied fortan Froses Laden.

Der Fleischermeister entzog daraufhin seinem Schwiegersohn die Gestaltung der Schaufenster und degradierte ihn zum Laufburschen.

Eine derart niedere Beschäftigung tat seiner Schwiegermutter Christine leid, sie mochte schließlich den halben Dänen in Erik – und der Papagei, so glaubte sie, mochte ihn auch. Außerdem ging es nicht an, daß Agnes mit einem Laufburschen verheiratet war. Daher verwendete sie sich für ihn bei ihrem früheren Arbeitgeber, dem Gastwirt des Austernkellers. Fredrik Hinnersen, der alte, nun schon sehr gebeugt gehende und vom vielen Alkohol sichtlich gezeichnete Wirt, war gerührt und überglücklich, seiner einstigen Kaltmamsell abermals helfen zu können. Er vermittelte dem jungen Erik Assmussen bei einem italienischen Wein-Importeur die Stelle als Vertreter für den Stadt- und Landbezirk.

Doch lange währte die Tätigkeit nicht. Infolge der mit Weinproben verbundenen Kundenbesuche wurde Erik zum stets fröhlichen Gewohnheitstrinker.

Daheim stapelten sich neben den Musterflaschen die Eigenbestände, Assmussen konnte sie kaum auseinanderhalten.

Anders als ihre Mutter konnte Agnes dem Wein, ja, dem Alkohol überhaupt, nichts abgewinnen. Sie wurde bös und verbittert. Lange Nächte lag sie in ihrer Schlafstube und grämte sich, während ihr Mann auf der Eckbank in der Küche seinen Rausch ausschlief. Bald sann sie auf Rache. Sie wollte nichts weniger als die Vernichtung der Existenz ihres Mannes.

Agnes meldete sich daher zunächst bei Fredrik Hinnersen und beschwerte sich: »Mein Mann hat es mit dem Magen, er verträgt keinen Wein. Außerdem, Wein schmeckt ihm überhaupt nicht. Dennoch trinkt er viel, sogar aus den Musterflaschen.« Der Wirt war entsetzt. Agnes Assmussen hatte erreicht, was sie wollte. Sie gab sich zerknirscht und bat, ganz in der Rolle der liebenden, leidenden Ehegattin aufgehend, den Gastwirt um die Vermittlung einer anderen Position.

So bekam Erik die Stelle eines Korkenvertreters. Die Wohnung wurde peu à peu vom Wein befreit. Assmussen war allerdings ein schlechter Verkäufer in dem trockenen Metier, seine Auftragsbücher blieben seitenweise leer. Die Einnahmen gingen zurück.

Als er schließlich mit der Mietzahlung in Rückstand kam, riet ihm seine Schwiegermutter Christine, doch einmal mit seinem Bruder Olof in Kopenhagen Kontakt aufzunehmen. »So erfolgreich ist Olof Assmussen mit seinen Photos, daß er seine Kunst jetzt sogar in einem eigenen Verlag vertreiben kann, wie du sagst. Einen Kredit für seinen kleinen Bruder wird er sicher nicht ablehnen.«

Darauf reagierte Erik heftig: »Ich nehme kein Geld von einem Dänen.«

»Dieser Däne«, erwiderte Christine, »ist doch immerhin dein leiblicher Bruder!«

Erik wurde heftiger: »Erst einmal ist Olof Däne, dann erst ist er mein Bruder.«

Daß Erik mit seiner engstirnigen politischen Einstellung die kommenden Generationen seiner Familie fatal beeinflußte, ahnte er noch nicht.

Denn während sein Bruder Olof im friedlichen Dänemark seinem Sohn Henry eine Schauspielausbildung ermöglichte und ihm weltweite Touren finanzierte, auf denen er als der dänische Pantomime Henry Assmussen zu Ruhm und Ansehen kam, mußten Sohn und Enkel Eriks sich in zwei Weltkriegen einer Wandertruppe verpflichten, um in miesen Possen als ruhmlose Statisten schlecht bezahltes Heldentum zu mimen.

XII. Mit Bildung gegen Lieblosigkeit

Erik, nun ohne Arbeit, kaufte sich einen drei Meter langen Wanderstab, mit dem es ihm gelang, auf seinen langen Spaziergängen querfeldein die die Felder abgrenzenden Gräben zu überspringen.

Als er eines Tages im November das Haus ohne Stab verließ,

dafür aber eine prallgefüllte Aktentasche mit sich trug, in der sich – sorgfältig eingerollt – ein langes Seil befand, erklärte er seiner Frau, nach dem Ziel seiner Wanderung erkundigt, sich eine Schiffskarte nach Sonderburg gekauft zu haben, um auf Alsen das herbstliche Süderholz zu genießen.

Nach dem gut verpackten Seil gefragt, erwiderte er unwirsch: »Seggich nich. Kommt nur buten innen Holt, kunnt mi hangen sehn.«

Agnes, die gerade – sie war bereits fast einunddreißig – zu ihrem Leidwesen in anderen Umständen war, da sie Erik und sich die Erfüllung der ehelichen Pflichten nicht versagen wollte, glaubte an einen schlechten Scherz.

Der nun schon alten Christine hingegen erschien die Depression ihres Schwiegersohns eine logische Folge und sie begriff, daß sich das Paar, anstatt sich familienüblich in friedlicher Lieblosigkeit zu verschanzen, offensiv unter Feuer nahm. Und sie, die im Kriegshandwerk erfahren war, sah, daß sich Erik, des Kampfes müde, nun anschickte zu kapitulieren.

Sie nahm ihn beiseite und zitierte die Bremer Stadtmusikanten: »Etwas Besseres als den Tod finden wir überall.«

Erik reagierte nicht.

Also riet sie ihm, sich ein Etappenleben in zurückgenommener Stellung einzurichten. »Und brauchst du einen neuen Freund, könnte ich dir zu einem Papagei raten, doch bedenke: So ein Vogel ist auch nicht immer d'accord. Problemloser ist die Anschaffung eines Grammophons. Ich könnte Geld beisteuern.«

So kam Erik Asmussen zu einer neuen Gesprächskultur. Schauspieler monologisierten lange Texte schöngeistiger Autoren und er selbst, Erik, mußte nicht widersprechen, ja nicht einmal Stellung beziehen. Zu seinem großen Glück mußte er seine neue Eroberung auch nicht in Dreierbeziehung mit seiner Frau teilen.

Um seine Einsamkeit voll zu genießen, umhüllte Erik seinen Kopf zusammen mit seinem Partner Sprechmaschine unter einer dicken Wolldecke.

Allerdings überschätzte er Agnes Schwerhörigkeit. Immer wenn sich die günstige Gelegenheit einer Attacke bot, vergaß sie abrupt ihr Leiden, und schrill drang es von jenseits der Decke an sein Ohr: »Tuuutese noch?«

Nach wenigen Wochen entschloß sich Agnes, dem lärmenden Treiben ein Ende zu bereiten. Sie nahm das feindliche Gerät, trug es auf die Straße und brachte es zu einem Gebrauchtwarenhändler. Sie feilschte nicht einmal um den Preis und ließ sich mit wenig Geld abspeisen. Dem Gebrauchtwarenhändler, dem die brutale Entsorgung doch reichlich grob erschien und dem die Verwunderung ins Gesicht geschrieben stand, erklärte die junge Frau Assmussen: »Ich selber hatte dieses kostbare Grammophon zwar sehr geliebt, aber leider konnte mein Mann derlei störende Geräusche überhaupt nicht leiden.«

Eine Enttäuschung zu zeigen vermied Erik, würde sie seiner Frau doch nur bestätigen, daß sie in der Pflege der ehelichen Beziehung auf ihrem richtigen Weg war.

So ging er in eine Buchhandlung, um einen stilleren Partner

zu erwerben. Der Sortimenter riet seinem Kunden vom geschwätzigen Roman ab, ebenso vom elegischen Eiapopeia schmalbrüstiger Lyrikbändchen, vor Depression erzeugender Humoristik ohnehin. »Der wahre Freund des Menschen ist das Lexikon, oder die Enzyklopädie, wie Sie das Werk nennen werden, wenn Sie beim Buchstaben E angelangt sind.«

Der Buchhändler konnte Erik Assmussen eine ältere Auflage des Großen Brockhaus preisgünstig anbieten. »Ein Gymnasiallehrer verkaufte mir die sechzehn Bände zurück, nachdem er sie ausgelesen hatte. Das Prosawerk verzichtet auf die Musenküsse phantasierender Zeilenschinder und folgt in strenger Gliederung dem Zyklus innerer und äußerer Wahrheit, auch wenn der geneigte Leser oft gezwungen wird, sich den Handlungsbogen in eigenem Ermessen selbst zu knüpfen.«

Daheim stapelte Erik fünfzehn Bände unter seinem Bett und setzte sich mit dem Band 1, »A bis Astrabad« in den Ohrensessel, versank in der landschaftlichen Einführung, begann am Ufer der Aach, wanderte durch den Kanton Aargau, verirrte sich nördlich des Rheins im großherzoglichen Baden, das er sich ja erst in Band 2 erobern durfte. Unvermittelt befand er sich in Aachen, wo er sich in den siebeneinhalb Spalten grosstädtischen Gewirrs nur schwer zurechtfand.

»Ich muß hier raus!« rief er laut und verzichtete sowohl auf den Aachener Frieden wie auch auf den Aachener Kongress. Er mied auch die Aachen-Jülicher Eisenbahn, er wollte so schnell wie möglich über Aalburg und Aarhus zurück in den heimatlichen Norden.

Doch entpuppte sich die Wahl der Reiseroute als recht diffizil. Wie kam er aus dem Alten Land über die Elbe nach Altona, ohne Hamburg zu berühren, das sich ihm ja erst im Band 8 eröffnen würde? Und den Elbtunnel wird man ja erst für einen viel späteren Supplementband bauen und einweihen.

Nebenan war Agnes über den einsamen Aachener Schrei in der lastenden Stille erschreckt. Sie betrat die Küche und entdeckte Erik mit einem gefährlich schweren Buch, wie sie es noch nie gesehen hatte.

Erik verließ stracks Jütland und eilte über drei schnelle Seiten in den Nahen Orient. Er geriet gerade als Gast auf eine Gesellschaft der Abbâs-Familie. Nahe und ferne Verwandte waren von Abbâs dem Großen nach Persien eingeladen worden. Da standen sie auf den Teppichen herum, Abbâs Hilma aus Ägypten, Abbâs Mirza, gerade aus dem Krieg gegen Russland zurück, und Abbâs Pascha, der sich wegen des Verbots moderner Zivilisation verteidigen mußte.

Erik blätterte die Seite um und erschrak. Da trat doch mitten in das persisch geführte Gespräch aus einem schwer erklärbaren Wandbild des Italieners Abbate, Noccolò dell' ein unerwarteter Besuch, ein Abbé. Was zwang einen katholischen Kommandat-Abt, vermutlich auch Hauslehrer französischer Adelsfamilien, in den unwirtlichen islamischen Orient?

Er blickte auf und sah seine Frau an. »Agnes, es gibt keine trockene Literatur«, schrie er, ihrer Schwerhörigkeit wegen. »Gerade so ein Lexikon ist stets voller Überraschungen. Hattest du mit einem Abbé in Persien gerechnet?« Erik spürte, daß seine Frau kein Interesse an der Geschichte hatte. Er klappte das Buch zu, jetzt wolle er erst einmal Urlaub machen. »Ich erhole mich im Seebad Ahlbeck an der Ostsee. Schließlich habe ich noch fünfzehn dicke Bände vor mir. Ich freue mich jetzt schon auf die nächste Reise über Braunschweig nach Bremen, und auf die Überquerung des Atlantik nach Buenos Aires.«

Agnes stand auf und verabschiedete sich aus der Küche. An der Tür wandte sie sich noch einmal um. »Mich brauchst du denn wohl gar nicht mehr«, meinte sie.

Doch dieser Satz ging an Erik vorbei, er aalte sich schon am Strand von Ahlbeck.

XIII. Mit weißem Fummel zur echten Liebe

Grundsätzlich, fand Erik, hatte Agnes recht, für sein weiteres isoliertes Leben brauchte er seine Frau nicht mehr. Er fühlte sich beinahe wie ihr Vater. Doch eine Forderung hatte er noch, er wünschte sich den Fortbestand seiner Familie, dazu brauchte er Kinder, am liebsten einen Stammhalter. Er hoffte, daß seine Frau einen gesunden Sohn gebären würde. So sagte er es eines Tages einem Nachbarn.

Als seine Schwiegermutter dieses abstruse Wort hörte, hielt sie Erik für verrückt. »Was soll das für ein Stamm sein, den du zu erhalten trachtest? Die Assmussens pflanzten sich im glücklichen Dänemark fort, und nach den Froses grabe man besser nicht.«

Den wahren Ahnherrn der Familie verschwieg Christine. Dieses Geheimnis kannte außer ihr nur der Papagei La Blanche – und ein österreichischer Edelherr sowie ein nicht geringer Teil der k. u. k. Heeresleitung.

»Wenn Agnes aber nun ein Mädchen zur Welt bringt«, lenkte Erik ein.

Ein Schrei des Entsetzens unterbrach ihn. »Schlimmer noch! Sieh dir doch meine Tochter an, die ich dir zum Abtanzball an die Brust gedrückt hatte. Sag selbst, ist das Pummelchen mit den Jahren attraktiver geworden ... verträglicher? ... liebevoller?« Christine wandte sich ab. Schmerz übermannte sie. Sie selbst hatte es ausgesprochen. Ihre Tochter geriet nach ihrem Stiefvater, nicht nach ihrem leiblichen Vater.

Das Kind, das Agnes schließlich gebar, war ein Mädchen und erhielt den Namen Ellen. Als Kind schon keine Schönheit, wurde Ellen in der Pubertät der Mutter immer ähnlicher. Immerhin war sie nicht schwerhörig. Da es dem jungen Moppel offensichtlich an selbst oberflächlichen Kontakten zum männlichen Geschlecht mangelte, erinnerte sich Agnes bald an die eigene, wenig erfolgreiche Jugend und den Spruch ihrer Mutter: »In einem weißen Kleid ist jedes Mädchen eine Schönheit.«

Als für Ellen, eben sechzehn geworden, ein Ausflug nach Glücksburg anstand, kramte Agnes ein praktisches weißes

Kleid von damals hervor und passte es der Tochter an. Doch mit ein paar Änderungen und Saumkorrekturen war es nicht getan. Der derart gestutzte Fummel war eine Katastrophe, Ellen sah darin erbärmlich aus.

Als die Mädchengruppe auf der Halbinsel Holnis anlangte, fand sie Unterschlupf in einer Pension, die unweit des Strandes lag. Die Mädchen verlustierten sich, doch Ellen blieb oft allein. Dann ging sie in die Dünen. Dort dachte sie nach oder beobachtete heimlich die anderen Ausflügler.

Einmal überquerte ein Kahn vom jenseitigen dänischen Ufer die Förde, ein Mann, etwa vierzig Jahre alt, stieg aus. Unweit vergnügten sich Ellens Kameradinnen, doch der Mann hatte, anders als die anderen gestandenen Männer in der Gegend, kein Auge für sie. Das fiel Ellen angenehm auf.

Am nächsten Tag traf sie ihn bei einem ihrer einsamen Dünenspaziergänge. Sie trug ihr weißes Kleid. Der Fremde sah sie durchdringend, fast frech an. »Vielleicht mag er besondere Menschen«, dachte Ellen.Und damit hatte sie in gewisser Weise recht, denn den Vorbeistreunenden, der sich niemandem vorgestellt hatte, erregten schlechtsitzende Kleider, Blusen und Röcke.

Der Fremde umkreiste Ellen, die ganz verwundert stehen blieb. Ganz steif. Er zeigte mit Zupfen an den Nahtstellen des Kleides und mit Rubbeln am Rocksaum erste Annäherungen.

Ellen lächelte ihn an. »Das also«, dachte sie, die sie bislang keine Erfahrungen hatte, »das also ist die Liebe.« Sie war ihrer Mutter dankbar für die Lebens- und Liebeshilfe mit dem simplen weißen Kleid aus historisch gewachsenem Bestand.

Der Vorüberstreunende versprach sich mit diesem empfindsamen Schulmädchen ein schönes schnelles Abenteuer und bestellte es für den kommenden Tag wieder hierher. Ellen nickte bloß, und errötete. Dann lief sie fort.

Dies hier war der Arbeitsplatz des Fremden. Hier nämlich, an der engsten Stelle der Flensburger Förde zwischen der deutschen Halbinsel Holnis und der dänischen Halbinsel Broacker gegenüber verschob er Fahrräder, diesseits und jenseits von Hehlern beschafft, die sich im jeweiligen anderen Land dem Zugriff der Polizei entzogen.

Am kommenden Tag fand sich Ellen auf Holnis ein, in ihrem weißen Kleid, das sie trug, um dem Verehrer zu gefallen. Der Schmuggler, der sich nun als Torsten Thosby vorstellte – natürlich war der Name falsch – war von seiner Eroberung angetan.

Er lud die unerfahrene Neugierige nach dem bald im weichen Sand vollzogenen Liebesakt zum Abendessen nach Glücksburg ein, wenn auch nicht ins Kurhotel, so doch in die Rosenterrassen, wo er statt des teuren Weins auch Bier bestellen konnte.

Als er mit dem zweiten Bier ein Pflümli spendierte, hielt Ellen dies für einen Liebesbeweis und fügte dem Akt am Badestrand ein Nachspiel an, indem sie ihm ihre Hand auf seine Knie legte. Für Thorsten war dies die Bestätigung, daß das Mädchen auch weiterhin die Freundschaft mit ihm zu erhalten wünschte.

Auf sich als Casanova konnte sich Torsten verlassen. Wieder einmal war eine Eroberung ohne Komplikationen gelungen. Er beschloß, für künftige Fälle die Investitionen während der Restaurant-Einladung zu erhöhen.

Für diesmal war sein Etat mit einer Gemüsesuppe, einem leckeren Speckpfannkuchen, zwei Glas Bier und einem Likör jedoch ausgereizt. Sein Geschäft lief zurzeit schlecht, doch versprach er sich von einem bevorstehenden großen Krieg eine bessere Konjunktur.

Ein paar Jahre mußte Thosby noch warten, dann stellte sich der ersehnte Krieg ein. Doch zu geschäftlichen Erfolgen kam es für ihn erst im dritten Kriegsjahr, als in Deutschland Lebensmittel und Gebrauchsgegenstände derart knapp wurden, daß das Fahrrad für die Beschaffung legaler und illegaler Ware unverzichtbar war.

Doch schon jetzt erlaubten es seine Einnahmen, sich hemmungslos und ohne Prävention seiner sexuellen Leidenschaft hingeben zu können. Im Notfall hatte Torsten Thosby das Geld für eine Engelmacherin.

So auch für Ellen. Doch den Abort, kostensparend und unprofessionell in einem Dorf vorgenommen, überlebte Ellen nicht.

Die Trauer der Eltern hielt sich in Grenzen, zumal das Unheil ja nicht nur das Leben der Tochter auslöschte, sondern auch die Beziehung zu einem Mann ungeklärter Herkunft beendete. Die Frage, ob der junge Unbekannte, der die Tochter geschwängert hatte, Däne war, wurde somit gegenstandslos.

Wer glaubte, das kurze und kaum dramatische Leben des Mädchens wäre mit dem Tode der Vergessenheit anheim gefallen, mußte sich berichtigen lassen. Mit einer unfreiwilligen posthumen Aktion eroberte sich Ellen ihren Platz in der Erinnerung der Familie.

Am Tag der Beisetzung hatten die Sargträger Schwierigkeit, die Verstorbene über die enge, schadhafte Treppe der elterlichen Wohnung hinab zu tragen. Der Sarg entglitt ihnen und polterte der Trauergemeinde zum Entsetzen aller vor die Füße. Doch nach kurzem Schreck mußten plötzlich alle lachen.

Für Agnes Assmussen war das in ihrem sonst so ereignislosen Leben ein prägendes Erlebnis, noch nach Jahren allen Besuchern lustvoll kolportiert, stets mit der Schlußpointe: »Ham wir gelacht!«

Auch dem zwei Jahre jüngeren Bruder, den mit der älteren Ellen sonst wenig verband, erhielt sich mit dieser Schlußpointe ein getreues Bild seiner Schwester.

XIV. Arrangement mit dem Vaterland

Der Sohn Arthur, zwei Jahre nach Ellen geboren, und nach Vaters Wunsch der Stammhalter, wuchs zu einem hübschen Jungen heran. Agnes konnte ihn leiden, der Vater war beruhigt. Arthur wuchs ziemlich allein auf, weitgehend unbehelligt von seinen Eltern, ihm machte das nichts aus. Die Großmutter sollte ihn behüten, doch diese beschäftigte sich zumeist mit ihrem Papagei.

Ab 1902 besuchte er das deutsche Gymnasium seiner Heimatstadt. Er galt als Musterschüler, doch beklagten seine Lehrer die mangelnde vaterländische Gesinnung. So weigerte er sich etwa, ein Gedicht aus dem Schullesebuch vorzutragen. Das brachte ihm viel Ärger ein.

Ratsuchend wandte er sich an seine Großmutter Christine, der einzigen in der Familie und im Freundeskreis, die sich gegenüber den Hohenzollern noch eine kritische Haltung bewahrte. »Oma, da gab es im Lesebuch das Lied eines Helgoländer Dichters, der besang ein Vaterland weit über unsere Grenzen hinaus. Der Lehrer hat gesagt, dieses ›Deutschlandlied‹ zeigte eine solche Größe, daß man es eines Tages zur Nationalhymne erklären wird.«

Die Großmutter wehrte einen derartigen Gedanken mit einer Handbewegung ab. »Glövst dat?« fragte sie ihren Enkel. Das war Christines ständige Replik auf alle Fragen, ihr konnte niemand etwas vormachen.

»Hör dir das an, Oma, da forderte doch dieser Helgoländer Poet ein Über-alles-Deutschland von der Maas im friedlichen Holland bis an die Memel im russischen Baltikum, von der Etsch in Tirol bis an den Belt, den Meeresarmen zwischen den rein dänischen Inseln.« Arthur fügte die Frage an: »Oma, wohin könnte man noch auswandern?«

Die Großmutter sah es gelassen. »Lern Schwedisch, Junge.«

Das fand der Junge einleuchtend.

Auf diese Weise verhalf Christine ihrem Enkel, wenn auch nicht zur Flucht, so doch zu einer außergewöhnlichen Karriere im späteren Schiffahrtsberuf – er wurde zum Experten für die Skandinavien-Fahrt.

Doch zuvor, nach sechs Jahren Gymnasium, mit Erreichen der Mittleren Reife, absolvierte Arthur erst einmal eine Lehre im Büro des Flensburger Schiffsmaklers Johannson & Cie.

Dort kam es eines Tages zu einer deprimierenden Begegnung. Bei dem Besuch an Bord eines Frachters, der von Kopenhagen nach Hamburg einen Tag in Flensburg am Kai lag, empfing er neben den Ladepapieren auch eine Passagierliste mit einem einzigen Namen: »Assmussen, Henry, Varieté-Künstler.«

Da betrat der Passagier auch schon den Salon, ein junger Mann, nur wenig älter als er selbst. Arthur trat ihm entgegen, reichte ihm die Hand und sagte: »Henry? Ich bin dein Vetter.«

Doch bevor er sich namentlich vorstellen konnte, wandte Henry sich mit einer barschen Entgegnung ab: »Ich habe keinen Vetter in Deutschland!«

Bedrückt ging Arthur an Land. Später erzählte er seiner Großmutter von der bedrückenden Begegnung. »Oma, ich fühle mich ausgestoßen. Ich lerne Fremdsprachen, aber ich kann mit niemandem reden.«

Wieder beruhigte die alte Christine ihren Enkel: »Wer wohl, meinst du, würde nicht gern woanders leben? Auch ich hatte einmal kurz von Salzburg geträumt ... – aber lassen wir das! Ich habe mich dann mit Flensburg arrangiert.«

Das Wort »Arrangieren« wirbelte lange in Arthurs Kopf herum. Bis er beschloß: Wenn es keine andere Lösung gab, würde er sich arrangieren, notfalls auch gegen sich selbst.

Nach Abschluß der Ausbildung meldete er sich als Einjährig-Freiwilliger. Vater und Großvater jubelten, daß dieser aufmüpfige Sproß der patriotischen Familie nun auch endlich den rechten Weg zu den Preußen fand.

Die Einberufung erfolgte bald, das Deutsche Reich brauchte Soldaten, Freiwillige besonders. Zwischen Wien und Belgrad rasten die Ultimaten nur so hin und her, den schönen Konflikt durfte die Donaumonarchie nicht ungenutzt lassen, und der Deutsche Kaiser unterschieb, lächelnd seine Nibelungentreue hinausprustend, freudig einige Kriegserklärungen.

Doch zuvor vergällten dem jungen Soldaten die ruhmlose Monate eines sinnlosen Friedens den Dienst, den er doch mit dem heiß ersehnten Griff zur Waffe ausfüllen wollte.

So hatte der Rekrut Arthur Assmussen reichlich Zeit, sich in der Garnison des 1. Infanterie-Bataillons Nr. 86 ins Preußische zu verlieben. Alles hätte er gern für diese erste Eroberung getan, am liebsten natürlich im Kampf. Deshalb waren ihm verdrießlich das Antreten ... Richt euch ... Die Augen links ... Augen rechts ... und dann doch wieder Augen geradeaus! Wozu diese überflüssigen Ehrenbezeugungen ... das Paradieren ... das Präsentieren ... wozu dieser ganze circensische Unfug auf dem Kasernenhof, einzig dazu angetan, die Wehrkraft der Truppe zu ermüden?

Der Schütze Assmussen, bald schon Gefreiter, hatte seine eigene Vorstellung vom nützlichen Handwerk des Soldaten. So erzielte er überdurchschnittliche Erfolge beim Schulschießen nach der Ringscheibe. Er hatte ein sicheres Auge und eine ruhige Hand, schnell füllte sich seine Schießkladde mit lobenswerten Eintragungen. Der Bataillonskommandeur verlieh dem Gefreiten – bei gleichzeitiger Beförderung zum Vizefeldwebel und Offiziersanwärter – die Schützenschnur.

Während Arthur die silberne Fangschnur von der rechten Schulterklappe zum zweiten Knopf des Waffenrocks spannte, überkam ihn das Glückgefühl, seine bisher unerfüllte Liebe zu Preußen nun erwidert zu sehen. »So also«, dachte er, »fühlt sich eine Geliebte, wenn ihr Schatz nach romantischem Liebesspiel ihr eine Perlenkette um den Hals hängt.«

Folglich war Arthur gleich von Anfang an dabei, als der Erste Weltkrieg begann. Nach dem Desaster an der Marne beorderte die Oberste Heeresleitung, um ihr eigenes Versagen zu vertuschen, eiligst frische Truppen an die Westfront. Jetzt geriet Schütze Assmussen in den Stellungskrieg bei Châlons sur Marne und sah sich in einer vorgetriebenen Sappe einem Poilu gegenüber, der vermutlich für ähnlich gute Schießleistungen ausgezeichnet und nun auf diesen vorgeschobenen Posten kommandiert worden war.

Beide Schützen legten ihre Gewehre an. Arthur stellte auf der Visierklappe die Entfernung von dreißig Metern ein, entsicherte, zog mit dem Zeigefinger den Abzug bis zum Druckpunkt durch und suchte über Kimme und Korn das Ziel, wie während der heimatlichen Ausbildung beim Schulschießen. Aber im Vis-à-vis war keine Ringscheibe, sondern ein Gesicht unter einem Stahlhelm hinter einem angelegten Gewehr, die Mündung auf ihn gerichtet.

Arthur mußte dem Gegenüber zuvorkommen, er betätigte den Abzug, doch der Zeigefinger verweigerte sich, der Schuß löste sich nicht. Der Schütze Assmussen erwartete den Anschnauzer des beaufsichtigten Ausbilders und blickte seitlich nach oben. Da aber stand niemand, er war nicht beim Schulschießen, er war an der Front und seinem eigenen Befehl unterstellt.

Noch einmal versuchte er, den Schuß zu lösen. Vergeblich.

Der Poilu gegenüber hatte diese Hemmung nicht, sein Schuß löste sich. Doch ganz ohne Skrupel war dieser Schütze auch wieder nicht, er zielte nicht auf den Kopf des Feindes, sondern auf die linke Schulter. Damit hatte er seine Pflicht für Frankreich erfüllt, dennoch niemanden getötet. Mehr noch, er verhalf einem Kameraden dazu, vorübergehend den braunen Dreck des Grabens mit dem weißen Bett eines Lazaretts zu tauschen.

Arthur kam nach Lüttich, wo eine militärärztliche Kommission die Verwundung als leicht einstufte und feststellte, daß nur die linke Schulter durchschossen und somit die Leistung eines Scharfschützen nicht gemindert war.

Der Vizefeldwebel Assmussen erhielt zu seiner Schützenschnur das Verwundetenabzeichen in Schwarz ... das Eiserne Kreuz II. Klasse ... und einen Marschbefehl nach Ratzeburg im preußischen Lauenburg. Das dort stationierte Jäger-Bataillon Nr. 9 hatte qualifizierte Schützen angefordert, möglichst mit Fronterfahrung.

XV. Nach Lübeck, nicht der Liebe wegen

In seiner neuen Garnison Ratzeburg nutzte Arthur die Privilegien, die er als dekorierter Oberjäger genoß, zu einem Wochenendurlaub ins benachbarte Lübeck. Er leistete sich bei Niederegger ein Stück Marzipantorte, aß zu Abend in der Schiffergesellschaft vorweg eine Aalsuppe, danach eine Kutterscholle und beschloß, den Abend in einem Tanzlokal fortzusetzen.

Das Cabaret Die Fledermaus war selbst im zweiten Kriegsjahr vom Tanzverbot noch nicht betroffen, und der konservativ auftretenden Kapelle gelang die Unterhaltung mit einem rhythmisch gezügelten Repertoire. Verirrte sich dennoch einmal ein Stück Jazz ins Programm, wie jetzt am Anfang der Brooklyn Cake Walk, so fiel dies niemandem auf, denn der Banjo-Spieler sang dazu den eingedeutschten Text: »Schorschl, ach fahr mit mir im Automobil, / es kost' ja nicht viel / von Hamburg nach Kiel …«

Arthur setzte sich, bestellte ein Glas Rotspon und sah sich nach einer Tanzpartnerin um. Er konnte sich allerdings nicht entscheiden und wartete erst einmal eine Cabaret-Einlage ab.

Angesagt wurde der dänische Magier Roger Truxen mit seiner bildschönen Partnerin Anita aus Flensburg. Die junge Anita wurde vom Zauberkünstler an die Rampe geschoben, ihr knappes Kleidchen bestand aus zahllosen Fetzen in den Farben schleswig-holsteinischer Städte und Landkreise, nur die Taille war frei und ringsum tätowiert mit einem blauen Band.

»Ich bin Eider-Däne«, begrüßte Truxen sein Publikum, »und ich demonstriere ihnen die Trennung der beiden Herzogtümer Schleswig und Holstein, indem ich meine Partnerin in der als Grenzfluß Eider markierten Taille zersäge.«

Eine längliche Holzkiste wurde auf die Bühne gebracht und auf zwei Böcke gestellt, Anita kletterte hinein. Auch die Kiste war mit den heimatlichen Symbolen bemalt und in der Mitte markiert mit einem blauen Band. Der Magier schloß den Deckel und setzte die Säge an die Eider.

Der Geschäftführer der Fledermaus betrat derweil den Zuschauerraum, entdeckte den Soldaten in der ihm nicht bekannten Jägeruniform, hielt ihn für einen befreundeten Österreicher und glaubte, ihm das politische Problem der Eider-Dänen erklären zu müssen: »Die kleine Eider, die kaum jemand kennt, hat für uns hier im Norden eine ähnliche Bedeutung wie bei Ihnen das Flüßchen Leitha, das auch niemand kennt, obgleich es Ihre Donaumonarchie namengebend aufteilt in Cisleithanien und Transleithanien, in …«

»… in Österreich und Ungarn, ich weiß«, unterbrach ihn Arthur, »das lernt man selbst in einem Flensburger Gymnasium – sowohl das eine, wie auch das andere.«

Der Geschäftsführer schwieg, wandte sich aber nicht zum Gehen. Da hob Arthur nach einer kurzen Pause zu einer neuen Geschichte an: »Doch damit sind die Legenden der Grenzflüsse nicht erschöpft, mein Herr! Kennen Sie die Geschichte der Begegnung auf der Memel? Im Juli 1807 trafen sich in einem Zelt auf verankertem Floß mitten auf dem Grenzfluß Memel zwischen Ostpreußen und der russischen Provinz Litauen Napoléon I. und Zar Alexander I., um – sich mit Höflichkeiten bedenkend und herzlich umarmend – den Frieden zu Tilsit auszuhandeln, der Preußen arg beschneiden sollte. Als zwei Tage später Friedrich Wilhelm III. das Floß inmitten der Memel betrat, war das Schicksal Preußens bereits besiegelt. Spüren Sie, mein Herr, den Wind der Geschichte, der über Grenzflüsse weht?«

Der Geschäftsführer der Fledermaus spürte keinen Wind, nicht einmal einen Hauch. Selbst dann nicht, als Arthur ergänzte: »Fragen Sie nur einen Ratzeburger Jäger! Wir sind die Elite der Mittelmächte. Wenn wir nicht grade für Deutschland an Somme und Marne kämpfen, helfen wir unseren Verbündeten an der Weichsel, an der Piave und am Isonzo.«

Der Geschäftsführer war beschämt, den Gast nicht als Oberjäger des Ratzeburger Bataillons Nr. 9 erkannt zu haben und ließ ihn endlich allein.

Nun konnte Arthur sich wieder ungestört dem Geschehen auf der Bühne zuwenden. Der Magier begann, die Holzkiste an der Eider zu zersägen, doch bevor die in der Kiste liegende Assistentin das Opfer wurde, sprang diese heraus, präsentierte sich unversehrt und fähnchengeschmückt an der Rampe und rief unter dem Applaus des Publikums:

»Up ewig ungedeelt!«

Arthur hatte schon zu Beginn der Nummer die Partnerin

erkannt, nun war er sich sicher: Es war Anita Assmussen, eine entfernte Cousine. Auf allen Familienphotos saß sie, weil sie die Hübscheste war im eher unansehnlichen Familienverband, stets in der ersten Reihe.

Vielleicht war man sich auch schon persönlich auf einem der Familienfeste begegnet. Um das zu ergründen, wollte er Anita ansprechen, entsann sich dann aber, die Fledermaus eigentlich zum Tanzen und nicht des Cabaret-Programms wegen besucht zu haben. Also unterließ er die Begrüßung und konzentrierte sich auf den nächsten Tanz.

Da begann auch schon die Kapelle mit einem Operetten-Tango, »Ich tanz so gern, ich tanz so gern den Tango«, sang dazu der Banjospieler, »man träumt so süß, man träumt so süß beim Tango / Wie Rosen glühen purpurrot die Wangen, / das Herz, es springt vor Seligkeitsverlangen ...«

Nach den ersten Takten, nach dem Einsetzen des Gesangs bemerkte Arthur, daß dieser konzertante Tango allenfalls ein Theaterpublikum begeistern konnte, nicht aber die Besucher eines Tanzlokals. Unrhythmisch und lustlos arrangiert und mit einem kitschigen Text widersetzte er sich jeder tänzerischen Anregung. Doch plötzlich wurde Arthur eines Besseren belehrt.

Den Saal betrat eine junge Dame, nicht besonders extravagant in Kleidung, Make-up und Frisur, doch sie glitt mit auffallend eleganten Schritten durch die Tischreihen. Selbst die sperrigen Tango-Rhythmen konnten ihren Füßen nichts anhaben. Als sie nun auch noch einen Wiegeschritt imitierte, war es um Arthur geschehen. Bevor die Dame aus einer Diagonalstellung heraus solo zu einer Promenade ansetzen konnte, trat Arthur auf sie zu, fing sie ab und führte sie auf das Parkett.

»Die Promenade«, damit sprach er sie an, »tanzen wir doch wohl besser gemeinsam.«

Die junge Dame, erstaunt, daß dieser unbekannte hübsche und dekorierte Soldat ihre nächste Tangofigur spontan erraten hatte, legte sich ihm in die Arme. Sie blieben auch beim folgenden Tanz auf dem Parkett, einem Wiener Walzer.

Die heftigen, fortdauernden Drehungen des schnellen Walzers ließen Arthur spüren, daß er erst vor Wochen aus dem Lazarett entlassen war. Der Durchschuß der linken Schulter machte sich bemerkbar, der Arm ermüdete, und Arthur war froh, im Rücken des Kleides der Partnerin einen Halt vorzufinden, bei dem er seinen Daumen einhaken konnte. Für Arthur war dies eine Erleichterung des versehrten Arms, für die junge Dame dagegen ein Zeichen kühner Annäherung. Sie lächelte ihren Tanzpartner an.

Arthur jedoch nahm die junge Dame im Ganzen kaum zur Kenntnis, er achtete nur auf ihre Füße, die sich nun taktfest über das Parkett bewegten.

In der Musikpause führte Arthur die Dame an seinen Tisch, bestellte einen neuen Rotspon und dazu ein zweites Glas. Sie blieben an diesem Abend ein festes Tanzpaar, wobei Arthur seine Partnerin kaum ansah, jedes überflüssige Gespräch vermied und auch die korrekte Tanzhaltung nicht mit zudringlicher Umarmung intensivierte.

Er war nicht darauf bedacht, eine Freundin zu gewinnen, er wollte nur tanzen. Am Ende des Abends verabredeten sich beide dennoch für das nächste Wochenende. Es hatte ja gut geklappt mit ihnen.

Sie trafen sich schon bald häufig, gingen an den Wallanlagen oder am Ufer der Wakenitz spazieren, tranken manchmal Kaffee und aßen zu Abend – und gingen immer wieder tanzen.

Doch vom Besuch der Fledermaus nahmen sie nach und nach Abstand, die Cabaret-Einlagen waren störend und wiederholten sich. Neben dem Zauberkünstler Truxen traten auf: Mustafa, der rechnende Esel, Patrick Pappenheim, der Tricktrommler aus Thüringen, eine Hundedressur, bei der ein junges Artistenpaar mehr glücklos als glücklich versuchte, Terriern das Voltigieren auf wilden Zwergziegen beizubringen, und immer wieder Onkel Hans aus Hamburg, ein Erzähler brav-anzüglicher Witze für ein biederes Publikum – als Höhepunkt stets mit demselben Couplet: »Es braust ein Ruf wie Donnerhall: / Zu Hause sind die Zwiebeln all', / doch Mutter sprach vor kurzem: / Man kann auch ohne Zwiebeln furz ...« Mit einer kurzen Pause ließ er den pikierten Damen Zeit für ein unterdrückt glucksendes »Ohh« hinter vorgehaltener Hand, dann fuhr er fort: »... züglich kochen!«

Arthur monierte, daß die Musiker der Fledermaus ihr Repertoire immer angepasster auf deutsche Schlager reduzierten, aus Angst vor dem drohenden Tanzverbot, das ihnen ihre UK-Stellung rauben und sie zum Militär-, wenn nicht gar Frontdienst zwingen könnte.

Als die Kapelle, die sich nun Klingende Granaten nannte, auch noch einen frisch-fröhlichen Marschfox aus dem vaterländischen Volksstück »Immer feste druff« ankündigte, war für das Paar die Fledermaus gestorben. Sie zahlten die Zeche, verließen das Lokal und hörten draußen, wie der Banjospieler zu singen begann: »Der Soldate, der Soldate / Ist der schönste Mann in Staate, / Darum schwärmen auch die Mädchen sehr / Für das liebe, liebe Militär!«

Noch einen Straßenzug weiter tönte es, leiser werdend: »Stramm gestanden, Brust heraus, / Nach Paris geht's gradeaus …«

In Lübeck eine andere Tanzdiele zu finden, wurde in den Kriegszeiten immer schwieriger. Da entsann sich Arthur einer Empfehlung aus dem Kreis seiner Ratzeburger Kameraden.

Versteckt hinter den Salzspeichern hatte Hannes Wittdün, ein abgemusterter Fahrensmann, es gewagt, ein Etablissement im gezähmten Rotlichtmilieu zu eröffnen. Er engagierte aus Hamburg eine Bardame, zwei Nackttänzerinnen und eine Diseuse, dazu aus Kiel eine Studentin als Zigarettengirl, und nannte seine Bar etwas umständlich, aber unaufdringlich »Keine Angst, die wollen nur spielen«.

Leider war der Bar nur ein kurzes Leben vergönnt. Hannes Wittdün wurde als See-Offizier der Reserve eingezogen und bekam das Kommando eines Kanonenboots zum Schutz der Küste Norwegens. Da mit seiner Rückkehr vorerst nicht zu rechnen war, entschloß sich seine Ehefrau Wallie, Tochter aus gutem Lübecker Haus, dem anrüchigen Lokal ein Ende zu bereiten und das Etablissement als seriöses Unternehmen der hansestädtischen Unterhaltung einzugliedern. Sie entließ die Damen und engagierte aus Amsterdam vier Mann einer kleinen internationalen Tanzkapelle, die sich Tie Tipster nannte.

Einzig den eingebürgerten Namen des Lokals wollte Wallie Wittdün erhalten, und damit er auch ohne die Damen noch einen Sinn haben sollte, schaffte sie zwei gefleckte Doggen an, die dem Gast zwar böse entgegenfletschten, doch ohne Beißlust waren.

Keine Angst, die wollen nur spielen – der Name behielt also seine Bedeutung.

Als Arthur und seine Partnerin die Tanzdiele betraten, saßen bereits ein paar der Ratzeburger Kameraden an einem Tisch. Sie begrüßten laut den Oberjäger Assmussen und seine Begleitung, die sie heute zum ersten Mal zu Gesicht bekamen. Immer wieder hatte Arthur ihnen von dieser Freundin vorgeschwärmt, besonders attraktiv sei sie zwar nicht, eher ein Lärvchen, aber eine flotte Tänzerin. Das sahen die Kameraden nun selbst, und spontan skandierten sie die Schritte der Dame mit dem Zuruf: »Hacke ... Spitze ...Hacke ... Spitze!«

Arthur empfand das nicht als Spöttelei, vielmehr war er froh, daß auch andere seinen Erwerb nicht mit Sinnlichkeit in Verbindung brachten, sondern ihn auch nur als Requisit des Tanzvergnügens ansahen.

Bald wagte das Paar einen Tanz, und obgleich im modernen Tanzen nicht geübt, gelangte es Arthur dennoch, seine Partnerin zu diversen Hüpfern zu animieren. Dabei spürte er wieder seinen blessierten Arm, und er war froh, den Daumen einmal mehr im Rückenausschnitt des Kleides einhaken zu können. Die junge Dame sah in dieser Annäherung mittlerweile den zarten, aber verunglückten Versuch des Partners, seine Liebe zu erklären. Sie mußte dem schüchternen und wortkargen Mann entgegen kommen und trug ihm, in der Tanzpause wieder am Tisch sitzend, die Verlobung an.

So erfuhr Arthur auch endlich ihren vollen Namen: Dora Stinsky.

Und nun wollte er sich doch gern auch ihrer Familie vorstellen können.

»Es genügt, meinen Vater kennen zu lernen«, meinte Dora, »den treffen wir täglich von früh bis spät im Schuppen Null, dort umgibt er sich mit seiner eigenen Art von Familie.«

XVI. Eine Verlobung unter Ehre

Der Schuppen Null war eine schwimmende Bierkneipe auf einem Trave-Boot gleich am Hafenanfang, bevor am Kai des Holstenhafens die Reihe der Ladeschuppen mit den Nummern eins, zwei, drei und so fort begann.

Dora führte Arthur zu ihrem Vater, beide betraten das Kneipenboot über einen Landesteg und fanden Paul Stinsky im korrekten dunkelblauen Anzug in einer Runde lärmender

Zechkumpane, die noch keine Zeit gefunden hatten, ihre Arbeitskleidung als Stauer, Fuhrleute, Zollbeamte oder Eisenbahner zu wechseln.

Der Wirt Krischan, einst als Touristenführer Kapitän der Hafenrundfahrt und nie zur See gefahren – weder auf großer Fahrt noch auf Küstenfahrt, und deshalb Seebär genannt – ging ihnen entgegen, half ihnen, sich vom Landesteg an Bord zu hangeln und rief in den Raum: »Paule! Deine Tochter ist da mit einem Fremden!«

Die Zechkumpane setzten zu einer lärmenden Begrüßung an, die Doras Vater mit einem herrischen Wink zum Schweigen brachte. »Ein bisschen mehr hanseatische Würde, meine Freunde«, herrschte er die Runde an, »meine Tochter kennt euch ja, aber was soll der fremde Soldat von unserem ehrwürdigen Lübeck denken!«

Paul Stinsky hörte sich an, was seine Tochter ihm zu berichten hatte, ohne einen Blick auf den Bräutigam zu werfen. Für die Zechkumpane war so eine Verlobung natürlich ein Grund zum Feiern. Vater Stinsky mußte bei Krischan dem Seebär nicht nur eine Runde Bier und Kümmel bestellen.

Als alle angestoßen hatten, richtete der Vater ein ernstes Wort an seine Tochter: »Dora, überlege dir diesen Schritt gut! Ein Zurück gibt es nicht, eine Entlobung ist gegen die Ehre – einmal gegen die Ehre dieser honorigen Familie hier, zum anderen aber ganz besonders gegen meine Ehre. Ich bin Obersekretär der Reichsbahn und Oberfeldwebel der Reserve in der preußischen Armee!«

Seebär kam an den Tisch, wechselte die leeren Gläser gegen volle aus und legte Stinsky beruhigend die Hand auf die Schulter: »Wissen wir doch alle, Ober-Ober-Paul, und jetzt weiß es auch dein Schwiegersohn!«

Doch Stinsky hatte den Schwiegersohn in spe am Knopf gepackt, zu sich herunter gezogen: »Weißt du, mein Junge, ich bin siebenundsechzig und darf in meinem Alter nicht mehr mit Gewehr und Bajonett meine Pflicht für unser Vaterland erfüllen. Also leerte ich die Schmuckschatulle von Grete, meiner Frau, und trug alles, was sie an Gold besaß, zur Sammelstelle für Kriegshilfe. Die Quittung, die ich erhielt, eine schwarze, eiserne Brosche, verlieh ich Grete, und sie trägt sie mit Stolz. So wie du, mein Junge, dein Verwundetenabzeichen und dein Eisernes Kreuz. Und die Inschrift dieser Brosche soll mich stets an meine Ehre erinnern – an meine neben der militärischen Ehre als Obersekretär und Oberfeldwebel unserem Vaterland im Krieg verpflichtende Ehre: ›Gold gab ich zur Wehr, / Eisen nahm ich zur Ehr‹.«

XVII. Als Krüppel unzumutbar

Die Verlobungsfeier dauerte bis in den Morgen. Arthur war froh, daß der Bahnhof nicht weit war und er den Frühzug nach Ratzeburg bequem erreichte. Zurück in seiner Garnison erfuhr er vom morgigen Marschbefehl des Jäger-Bataillons Nr. 9 an die Karpatenfront. Es galt, dem k.u.k.-Waffenbruder, dem desolaten »Kameraden Schnürschuh«, gegen den überraschenden Angriff der zaristischen Armee in Galizien beizustehen.

Bei der Bussikow-Offensive im Sommer 1916 wurde Oberjäger Arthur Assmussen schwer verwundet, im Lazarett Lemberg konnte ihm jedoch das linke Bein noch rechtzeitig amputiert werden.

Als Arthur nach dem Erwachen aus der Narkose diese Einschränkung seiner Mobilität und besonders des Tanzvergnügens entdeckte, war sein erster Gedanke, dies könne er Dora nicht zumuten, und laut rief er: »Das kann ich meiner Braut nicht antun!«

Mit diesem Aufschrei riß er sich den Verband vom Beinstumpf. Doch gelang es ihm nicht, zu verbluten und auf diese Weise die nun glücklos gewordene Verlobung zu lösen. Durch das schnelle Eingreifen von Sanitätern war der Kriegskrüppel vielmehr gezwungen, mit seinem Leben auch seine Verlobung fortzusetzen.

Zur Rehabilitierung kam Arthur nach Bad Oldeslohe.

Dort besuchte ihn aus Lübeck seine Braut. Dora betrat den Raum in dem Moment, als Arthur auf Krücken gestützt, elend humpelnd auf einem Bein erste Schritte versuchte. Entsetzt rief sie: »Das kannst du mir doch nicht antun!« Sie wandte sich dem Arzt zu: »Was mein Verlobter mir zumutet, das darf doch wohl nicht wahr sein!«

Der Arzt versuchte die junge Frau zu beruhigen: »Wir werden Ihrem Bräutigam eine schöne Prothese anpassen, und Ihrer Heirat steht dann nichts mehr im Wege.«

Erst jetzt trat Dora an Arthur heran, scheute allerdings eine Umarmung, weshalb der Arzt ergänzte: »Sie werden sehen, mein Fräulein, die Pflege und Betreuung später wird halb so schlimm.«

Dora meinte nur: »Das kann ich nicht tun. Für solche Dienste wird man sich als Invalide doch wohl eine Pflegekraft leisten können …« Sie setzte sich ihrem Verlobten gegenüber, musterte ihn von oben bis unten und fuhr fort: »Mir geht es eher um die Schande. Wenn ich so meinen Mann spazieren führe, werden die Nachbarn mit Fingern auf mich zeigen und tuscheln: Da geht die, die keiner haben wollte, und die nun mit dem letzten elenden Krüppel vorlieb nehmen muß.« Nun kam Dora auf ihr eingeschränktes Tanzvergnügen zu sprechen. »Da hat man nun den ganzen Krieg durchlitten und nichts vom Leben gehabt, und wo bald im Frieden so viele neue Tänze die Abende versüßen, bleibt mir nichts. Das ist doch keine Lösung! Konnte mein Verlobter nicht verbluten?«

Der Arzt zuckte angesichts so vieler Lieblosigkeit zusammen. Das wird nie im Leben eine glückliche Ehe, dachte er. Er riet daher mit ruhigen Worten, die Verlobung bei Zeiten zu lösen.

Dora reagierte empört: »Entlobung? Wie sollte ich das meinem Vater sagen? Er hat im Beruf wie als Reservist zwei Dienstgrade, die mit der Vorsilbe Ober- beginnen. Diese Verletzung seiner Ehre würde ihn töten.«

Also kam es zur Hochzeit und zu einer Feier im Schuppen

Null. Der Seebär hatte zu Ehren des versehrten Frontkämpfers das Kneipenboot mit Wimpeln in Schwarz-Weiß-Rot dekoriert, und der stolze Brautvater mußte für seine Familie, die Zechkumpane, Runde für Runde schmeißen, die mit den üblichen Sprüchen das junge Paar hochleben ließen: »Glück in der Liebe und reichen Kindersegen!«

Für die wenigen Damen, Mutter Grete, Cousine Anita, eine Nachbarin und nicht zuletzt die Braut, hatte der Wirt eine Kaffeetafel gedeckt, taktvoll etwas abseits, wo die Frauen das Fest nicht störten.

Als die Stimmung den Gipfelpunkt erreichte, griff Krischan zum Schifferklavier und rief zum Tanz auf. Zwar fiel ihm Paul Stinsky in den Arm, wies auf seinen Schwiegersohn und die beiden an den Stuhl gelehnten Krücken. Doch der Wirt begriff den Hinweis zu spät, schon hatte er seinen Paul Lincke im Kopf und konnte auch seine Finger auf der Klaviatur nicht mehr bremsen. Dazu sang er: »Heimlich, still und leise / Kommt die Liebe / … / Leuchtet hell die Morgensonne, / Schon erträumt man sich das schönste Ziel. / Alles um uns ist Glück und Wonne, / Himmlisch süßes Liebesspiel.«

Bei den ersten Takten sprangen Dora und Anita auf, griffen sich zwei Bahnadjunkten und schlängelten sich mit ihnen tänzelnd durch Tische und Stühle. Doch der melodiöse Operettenschlager widersetzte sich jeglichen Tanzschritten, und die beiden Paare mußten sich des ordinären Schiebers erinnern, mit dem sie in Vorkriegsjahren unter polizeilicher Aufsicht anstößig über die Tanzböden gescherbelt waren.

Arthur beobachtete das Geschwofe, das mit ordentlichem Tanz nichts zu tun hatte und ihn sein fehlendes Bein kaum vermissen ließ. Auch war er froh, daß Doras Partner nur ein kostenloser Kleinbeamter war und kein Gigolo, den man bezahlen müßte. Soll sich Dora ruhig amüsieren, dachte er, schließlich ist es ihr Hochzeitstag, und – wie heißt es doch so richtig? – der schönste Tag im Leben einer Frau.

Arthurs Eltern sagten ihre Teilnahme an der Hochzeit ab, der Schritt ihres Sohnes hatte die Gefühle der Assmussens doch zu arg verletzt. Endlich erwachsen, wäre Arthur nun in der Lage gewesen, die Kosten für die jahrelangen Entbehrungen während der Ausbildung in Gymnasium, Lehrzeit und Einjährigen-Dienstzeit zurückzuerstatten. Selbst als Krüppel. Doch ging es nicht allein um das Geld, mehr noch um die Liebe, die die Eltern all die Jahre ja nun geradezu nutzlos verschwendet hatten.

Erik Assmussen hatte für seinen Sohn keinen Glückwunsch übrig, er schrieb ihm: »Endlich wollten wir gut an Dir haben, und nun kommt diese fremde Frau, der das nun alles zufällt, Glück und Geld und Liebe. Deine arme Mutter weinte Nacht für Nacht blutige Tränen. Wie konntest Du uns nur so viel Lieblosigkeit antun? Als hätte Deine Schwester uns nicht schon genug Schmerz zugefügt!«

Als Agnes Assmussen die Zeilen ihres Mannes gelesen hatte, fand sie sie doch ein wenig schroff. »Er war doch früher ein so lieber Junge, und für die perfide Missetat seiner Schwester konnte Arthur doch nun wirklich nichts«, meinte sie. Sie entdeckte sogar ihr gutes Herz und meinte, man solle trotz alledem doch Böses mit Gutem vergelten. »Ein Glückwunsch mindert doch nicht unseren Schmerz«, sagte sie, und: »Willst du etwa, daß wir in der Lübecker Hochzeitsgellschaft als entmenschte Eltern dastehen?«

Daher schickte sie ihren Mann in die Schreibwarenhandlung, eine vorgefertigte Karte mit goldgeprägtem Glückwunsch zu erstehen. Den Text ihrer Gratulation überlegte sich Agnes nur kurz, dann ergänzte sie die Goldprägung der Kopfseite »Alles Herzliche zur Hochzeit wünscht …« auf der Innenseite des Faltblatts handschriftlich mit: »Deine Mutter«.

Als Agnes die Karte ins Couvert zum Brief des Vaters stecken wollte, kamen ihr Bedenken. »Bei aller Liebe«, sagte sie sich, »aber muß man denn gleich übertreiben?«

Sie schickte Erik fort, um eine zweite Karte zu kaufen. Auf dieser ergänzte sie das goldgeprägte »Alles Herzliche zur Hochzeit wünscht …« auf der Innenseite, gut lesbar, mit: »Mutter«. Diese zweite Karte steckte sie zum Brief des Vaters, und schickte Erik damit zur Post.

XVIII. Die Familie, eine Quelle der Liebe

Nach Kriegsende kehrte Arthur in den Zivilberuf zurück, mied aber als Wohnsitz sowohl Lübeck als auch Flensburg. Er bewarb sich mit seiner soliden Ausbildung im Schiffahrtsberuf beim Norddeutschen Lloyd in Bremen, wo er mit seinen Kenntnissen im Skandinaviengeschäft bald zum Abteilungsleiter der Ostsee-Fahrt aufsteigen konnte. Schon bald wurde ihm Handlungsvollmacht erteilt, und er erwarb in der bürgerlichen Ostertor-Vorstadt ein bescheidenes Reihenhaus, gerade groß genug, um seine Ehe zu einer richtigen Familie zu erweitern.

Die Paarungsversuche der Eheleute zogen sich über Jahre erfolglos hin. Dora freute sich auf ein Kind, in der Gewißheit, daß sie eine Tochter bekommen würde. Ein Kind würde ihr Ansehen heben. Dafür nahm sie die sexuellen Notwendigkeiten in Kauf.

Als es nach vier Jahren endlich soweit war, reagierte sie hysterisch – sie hatte einen Jungen geboren. »Ich schneide ihm alles ab«, schrie sie. »Jetzt hat dieser Krüppel von Mann nun auch noch bei der Zeugung versagt!«

Dabei ließ sich der geplante Name Roberta einfach in Robert ändern.

Arthur war betrübt, daß er seiner Frau auch noch das angetan hatte. Er überlegte, wie er sie mit einem tätigen Liebesbeweis versöhnen könnte. Er legte im kleinen Vorgarten des Reihenhauses ein Rosenbeet an, schnitt Sonntag für Sonntag drei Blüten ab und stellte sie seiner Frau in einer Vase auf den Frühstückstisch.

Dora reagierte erst am vierten Wochenende: »Jedesmal, wenn du von deinem elenden Beet kommst, sind nachher die Teppiche voller Erdkrümel. Wie kann man mit nur einem Bein so viel Dreck in die Wohnung tragen?«

Fortan versuchte Arthur, der daheim seine Prothese nicht trug, an Krücken auf einem Bein hüpfend, die Teppiche zu umgehen, wie einst in der Rehabilitation geübt. Doch er war älter geworden und beleibter, es gelang ihm nicht mehr. Beinahe wäre er gestürzt.

Daher mußte er sich von seiner Frau einen erneuten Vorwurf anhören: »In Bad Oldeslohe hatte mir dein Therapeut versprochen, daß du ganz pflegeleicht nach Hause entlassen wirst, und jetzt kannst du nicht einmal über einen Teppich hüpfen! Dich wöchentlich mit drei blöden Rosenstummeln bei mir einschmeicheln, das kannst du. Doch damit kriege ich die Wohnung nicht sauber.«

Arthur entschuldigte sich und stellte, um den Schaden zu bereinigen, ein Dienstmädchen als Haushaltshilfe ein. Doch Dora brauchte keine Hilfe im Haushalt, dagegen jemanden für die Spazierfahrten mit dem Kinderwagen. Sie selbst schämte sich vor den Nachbarn und wollte der Frage »Junge oder Mädchen?« ausweichen.

Das Dienstmädchen war täglich mit Robert unterwegs. Es

war keine gute Lösung. Das Mädchen hatte einen Freund und stellte den Kinderwagen deswegen tagsüber für Stunden in dunklen Hausfluren ab.

So kam es, daß Roberts Haut zeitlebens blaß blieb. Robert allerdings schrie nicht und weinte nicht, er brauchte keine frische Luft und keine Sonne. Robert brauchte keine Liebe. Der kleine Robert arrangierte sich.

XIX. Einbruch der großen Welt

Über die Jahre war es Robert gelungen, sich in der Atmosphäre der familiären Lieblosigkeit genügsam einzurichten, da wurde seine mühsam erworbene Seelenruhe für einen kurzen Augenblick überraschend gestört.

Auf der schmalen Straße vor dem Elternhaus stoppte – ungewöhnlich selbst für diese bürgerliche Wohngegend – ein Opel Laubfrosch, am Volant eine übertrieben elegante Dame. Robert, gerade zwölf Jahre alt, eilte aus dem Vorgarten hinzu und half dem Besuch beim Aussteigen. Die Dame, eine Hand frei, strich Robert über das Haar, blickte ihm in die Augen und flötete: »Bist du aber ein lieber Junge.«

Robert, derlei Zuneigungen nicht gewohnt, war verwirrt. Kam da etwa ein Gefühl auf, das er nicht kannte? Wie sollte er es einordnen?

Roberts Mutter beobachtete die Szene am Fenster. Sie glaubte, die fremde Dame zu kennen und rief hinaus: »Anita?« Dann fügte sie schnell hinzu: »Anita! Laß bloß den Jungen in Ruhe, er kann Zärtlichkeiten auf den Tod nicht ausstehen!«

Zu einer weiteren Diskussion kam es nicht, denn der Vater humpelte vor die Haustür. Er war ganz angetan: »Liebes Cousinchen, führt dich deine Zaubershow auch einmal in unsere Stadt?«

Später, im Wohnzimmer, erzählte Anita, daß sie nicht mehr mit Roger Truxen arbeite. »Ich habe mich von ihm getrennt. Von Auftritt zu Auftritt wurde der Applaus leiser, das lag nicht an den Tricks des Meisters, sondern einzig an mir, seiner Assistentin. Ich war in meinen bunten Fähnchen nicht mehr die strahlend jungen Herzogtümer Schleswig und Holstein, ich war eine alte, graue preußische Provinz, und niemand interessierte sich mehr für eine zersägte Eider, die längst eine fette Taille ist. Naja, vielleicht nicht fett. Wie auch immer, ich bin zu alt, um mich zersägen zu lassen.«

Nun war sie die Engagements im Vergnügungsbetrieb deutscher Spießerstädte leid und wollte höher hinaus, als Solo-Nummer auf die internationale Bühne. Sie hatte den Tanzkursus »In 10 Stunden zum perfekten Bauchtanz« absolviert und ein Diplom und ging auf Reisen. »Die große Welt erwartete mich, ich habe sie mir erobert.«

Anita entdeckte auf Arthurs Schreibtisch einen Globus, trat an ihn heran und drehte die Erde. »Oran ...Dakar ... Djibouti ... Fort Lamy ... Sidi-Bel-Abbès ... – überall warteten

Legionäre auf mich, ein lustiges, dankbares Publikum. In Colomb-Bechar, hatte ich viel Spaß mit einem Sergeanten. Nun, Caporale und Sergeanten machten viel Freude, aber sie waren nicht die große Welt. Ich wollte im Offiziers-Casino Champagner trinken.«

Anita stoppte die Weltkugel und tippte mit dem Finger auf die Sahara. »Mit einem faden Sous-Lieutenant fing ich an, tauschte ihn aber bald gegen einen ernsten Capitaine ein und stieg mit meinem Bauchtanz weiter die Leiter der Ränge empor. Ich wollte den Gott der Garnison, wollte meinen Kopf an die mit Orden überladene Brust des Colonels lehnen. Doch das war eine Stufe zu hoch, und ich mußte zurück in die Mannschaftskantine.«

Arthur, in der Hierarchie des Militärs zuhause, glaubte, seinem Sohn, der mit erhitztem Gesicht dabeisaß und gespannt lauschte, zur Legions-Karriere einen zivilen Vergleich liefern zu müssen: »Das, Robert, ist das Märchen vom Fischer un sin Fru.«

Darauf fragte er Anita: »Und wie ist mein Cousinchen aus dem Pisspott am Ende heraus gekommen?«

Anita fuhr mit ihrem Bericht fort: »In Oran bunkerte gerade ein kleiner Frachter des Norddeutschen Lloyd, der Dampfer Pythia. Der Name traf mich wie ein Orakelspruch, den lärmenden Levantehäfen Adieu zu sagen und heimzukehren an die stille Waterkant des heimatlichen Nordens. Ohne lange zu überlegen, buchte ich eine Passage. Ich bezog die kleine Gästekajüte, ein junger Steward half mir beim Einräumen. Als er meine Garderobe in den Spind hängte, bewunderte er mein

Bauchtanz-Kostüm, ich schenkte es ihm, er hatte eine Freundin auf Malta. ›Macht Euch einen hübschen Abend‹, wünschte ich ihm und war froh, mit dem Glitzerfummel endgültig diese Epoche abgeschlossen zu haben. Für den Beginn einer neuen brauchte ich auf einen Zufall nicht lange zu warten. Als wir durch die Straße von Gibraltar fuhren, stellte sich der erste Offizier zu mir an die Reling und reichte mir sein Fernrohr, um ein paar Affen fern auf dem britischen Felsen zu suchen. Ich fand aber nicht einen einzigen. Nach dem Essen setzte sich der Erste zu mir in den Salon, um seine Zeitung zu lesen. Er bestellte mir beim Steward einen Genever und ließ mich dann allein, um seine Wache anzutreten. Die Zeitung ließ er liegen, es war der Weser-Kurier. Lustlos blätterte ich darin herum, die Neuigkeiten in der Welt interessierten mich nicht die Bohne, ebenso wenig Kultur, Unterhaltung und der Klatsch aus Bremen. Ich wollte das Blatt schon beiseite legen, da entdeckte ich im Anzeigenteil eine hervorstechende Annonce: Die Reichsbahn-Direktion Bremen schrieb für den Hauptbahnhof der Hansestadt eine Pachttoilette aus, Weltgewandte Dame mit Fremdsprachen-Kenntnis bevorzugt. Natürlich wurde ich von der Reichsbahn bevorzugt behandelt und erhielt das Pachtobjekt. Das war vor ein paar Monaten. Inzwischen hatte ich Zeit, mich einzurichten.«

Die skeptischen Blicke ihres Cousins und seiner Familie hatte sie erwartet und schon weitere Erklärungen bereit: »Nicht was ihr euch so denkt! Das ist keine Notdurft für Holzbank-Reisende der III. Klasse, bei mir ist alles vom feinsten:

Eau de Cologne, Handcreme, Parfüm ... parler Français und English spoken ... heißer Kaffee über vierundzwanzig Stunden und für den Ernstfall eine kleine Not-Apotheke.« Und stolz zitierte Anita gleichsam aus dem Kopf: »Das Etablissement Anita Assmussen genießt nicht nur lokalen Ruhm, es ist darüber hinaus bekannt im Streckennetz von Stockholm via Kopenhagen/Hamburg bis Hoek van Holland ... von Basel via Frankfurt/Kassel bis zur Columbus-Kaje in Bremerhaven.«

Sie entnahm ihrer Handtasche ein kleines rotes Buch, schlug es auf an einer Stelle, an der bereits ein Lesebändchen lag, und zeigte die Seite ihrem Cousin. »Der Deutschland-Bædeker erwähnt mich mit zwei Sternchen, dem Weser-Kurier bin ich einen Reise-Tip wert: Umsteigen in Bremen! Gönnen Sie sich einen Traum! Da wollten auch die Bremer Nachrichten nicht hintan stehen und brachten in der Wochenendausgabe ein bebildertes Porträt: Anita Assmussen, einst ein Stern über dem heißen Sand Afrikas, nun hat sie ihre Ruhe gefunden in unserer hanseatischen Kühle.«

Nachdem Anita berichtet hatte, fand sie es angebracht, sich nach dem Befinden ihres Gastgebers zu erkundigen. »An Bord des Lloyd-Dampfers erwähnte ich, daß ich die Cousine des Abteilungsleiters Assmussen sei, und gleich erfuhr ich, daß du längst Prokura hast, und daß man dir den Posten eines Direktors angetragen hatte.«

Arthur unterbrach mit einer barschen Handbewegung. »Höre bitte mit dem Direktor auf! Ich kann dieses Wort nicht mehr hören!«

Seine Cousine verstand die Erregung nicht. »Der Kapitän und der Erste Offizier erzählten mir während der Überfahrt, daß der Norddeutsche Lloyd beabsichtigte, die gesamte Nordlandfahrt von Island bis Finnland zu vereinen und die dem verdienten Prokuristen Assmussen als Direktor zu unterstellen.«

Nun entschloß sich Arthur, diese unliebsame Geschichte preiszugeben. »Es stimmt, Anita, diesen Plan gab es vor einem halben Jahr, und freudig hatte ich meiner Familie von meinem beruflichen Erfolg berichtet. Doch Dora freute sich nicht mit mir, sie erregte sich. Du und Direktor? schrie sie mich an, wie willst du dir Respekt verschaffen? Du kannst ja nicht reden, deine Untergebenen werden dich auslachen. Meine Erklärung, der Direktor einer Reederei sei kein Hauptmann auf dem Kasernenhof, der lautstark mit Befehlen um sich werfen müsse, überhörte sie und zeterte weiter …«

Dora hatte Arthurs Bericht zunächst still und stolz zur Kenntnis genommen, während sich auf ihrem Gesicht eine triumphale Miene abzeichnete. Doch dann fiel sie ihrem Mann in die Rede: »Und wie du mich zum Gespött gemacht hättest, war dir wohl egal? Auf der Straße hätten die Nachbarn mit dem Finger auf mich gezeigt und sich mokiert: Da geht das arrogante Stück, das gern Frau Direktor geworden wäre. Nun, nachdem ihr Mann gescheitert ist, muß sie beim Einkauf alle Läden meiden, in denen sie Bekannte trifft.«

Robert verließ den Raum. Er kannte den Streit, der nun kommen würde. Und er konnte die Demütigung seines Vaters nicht mehr ertragen. Er beschloß, irgendwann bei passender Gelegenheit eine Aussprache herbeizuführen. Die Gelegenheit bot sich später auch, aber Robert fand nicht die richtigen Worte.

XX. Wer Liebe sucht, kommt darin um

Wochen später, an einem sonnigen Septembertag, entschied Dora, beim sonntäglichen Familienspaziergang auf den Rollstuhl zu verzichten. »Du solltest mal wieder üben, ein längeres Stück mit deinen Prothesen zu gehen, Arthur. Der Uferweg vom Osterdeich ist gut befestigt, und damit der Wind dich nicht umpustet, kannst du dich ja auch noch zusätzlich auf Robert stützen.«

Arthur widersetzte sich der Anordnung seiner Frau nicht. Die Böschung zum Ufer war zwar steil, aber der Fußweg am Ufer der Weser war sorgsam mit Kies aufgeschüttet und geharkt. Die alle hundert Meter aufgestellten Bänke nahmen Arthur jede Angst. Was sollte schon passieren?

Und doch! Plötzlich blieb er stehen, stützte sich auf Robert und hob ein Bein an. »Was ist?« schnauzte Dora, worauf Arthur schmerzhaft das Gesicht verzog und herauspresste: »Steinchen im Schuh.«

Dora ging weiter, um sich von ihrem Mann zu distanzieren. »Etwas Dümmeres habe ich lange nicht gehört«, schimpfte sie,

»ich denke, du trägst eine Prothese, wie kann man da so einen lächerlichen kleinen Stein fühlen?«

Daß es am anderen Fuß passiert sei, erboste Dora. »Wie konnte ich damals in Bad Oldeslohe ahnen, daß du auf beiden Beinen behindert sein wirst? Da wird mir jeder Spazierweg ja reineweg zur Qual! Und erst unserem Sohn! Robert braucht Auslauf, soll er später etwa genau so ein Krüppel werden wie du?«

Angelangt an der ersten Ruhebank half Robert seinem Vater, sich zu setzen, er zog ihm den Schuh aus und schüttete das Steinchen heraus.

Die Mutter wandte sich um, beobachte den Vorgang und erboste sich: »Was willst du mir mit dieser Demonstration zu verstehen geben? Willst mir wohl sagen, ich versorge deinen Vater nicht ordentlich? Schäme dich, Robert, der eigenen Mutter Herzlosigkeit vorzuwerfen! Schließlich bin ich es, die klaglos jedes Opfer gebracht hat – bei all dem eigenen Leid!«

Dora setzte ihren Spaziergang allein fort, sie wollte diese Szene nicht mehr sehen.

Als sie außer Hörweite war, wandte sich Robert mit gedämpfter Stimme an seinen Vater: »Mutter liebt uns nicht ...« Er band dem Vater die Schnürsenkel zu und fuhr fort: »Wir sollten sie verlassen und uns mit den Bremer Stadtmusikanten sagen: Etwas Besseres als den Tod finden wir überall.«

Arthur ließ seinen Sohn ausreden, dann erwiderte er nach einer Pause: »Das ist keine Lösung, mein Sohn. Was hatten die Stadtmusikanten denn Besseres gefunden?«

Es war die Pflicht der Väter, ihre Söhne, wenn sie erwachsen wurden, aufklärend auf das Leben vorzubereiten. Dieser Pflicht entsann sich Arthur und begann bedächtig: »Auch ich fand früher, als ich noch jünger war, schwerlich etwas Besseres, als zu sterben. Aber der Tod wollte mich noch nicht, er wollte von mir erst einmal nur ein Bein. Das ruht nun in einer stillen Grube Galiziens, zufrieden, den Rest seines Körpers eingebettet in einer Familie zu wissen, in der so ein Krüppel allzu gut ins Ambiente passt.« Für einen Augenblick war Arthur versucht, seinen Sohn zu umarmen, entsann sich aber schnell, daß so ein unüberlegter Gefühlsschwall leicht mißdeutet werden konnte.

So touchierte er Robert leicht am Arm und fuhr fort: »Robert, du suchst Liebe? Aber frage dich mal: Wozu? Wer geliebt werden will, muß Liebe geben. Ein riskantes Geschäft. Das führt unweigerlich zu einem endlosen Hin und Her, in denen ein friedliches Zusammenleben aus dem Ruder geraten kann. Unserer Familie ist es seit Generationen gelungen, diese gefährliche Klippen zu umschiffen. Eine Ausnahme hat es gegeben, deine Urgroßmutter. Die hatte in ihrer Jugend ihr Herz an die traurigen Augen eines Fremden verloren. Es hat sie viel Kraft gekostet, sich aus den Fesseln zu befreien. Und diese Kraft hat sie uns allen vererbt, am Ende auch dir.«

Arthur glaubte, sich der Aufklärung seines Sohnes umfassend und ehrlich gewidmet zu haben, und er schloß: »Was an Gefühlen dich auch immer überkommen wird, Robert, sage dir stets: Es geht auch anders, aber ohne Liebe geht es auch!«

XXI. Irgendwann muß Schluß sein

Doch noch war es lange nicht soweit. Robert besuchte inzwischen das Realgymnasium, als seine Großmutter Grete in Lübeck verstarb. Die Konvention verlangte von der Tochter, den verwitweten Vater zu versorgen. Arthur mußte sich um die Übersiedlung seines Schwiegervaters kümmern, und Dora richtete ihm einen kleinen Raum im Reihenhaus als Domizil ein.

Daß das eigentliche Zuhause von Paul Stinsky in Lübeck nicht die eheliche Wohnung war, sondern die schwimmende Trave-Kneipe Schuppen Null, bedachte die Tochter nicht. Oder aber gerade! Indem sie ihrem Vater diese Heimstätte entzog, befriedigte sie heimliche Rachegelüste.

Mit diesem Schuppen Null verbunden waren die versoffene Verlobung, die trostlose Hochzeit und überhaupt die Präsenz dieses ungeliebten und lieblosen Vaters mit seinem abstrusen Ehrgefühl. Trug nicht auch er an Doras unglücklicher Ehe die Schuld?

Paul Stinsky bezog seinen Raum und ging tagsüber auf Tour, um sich in Bremen eine neue Kneipenheimat zu suchen. In der Bierquelle Zur Goldenen Kugel fand er einen Wirt, der ihm allmonatlich ab dem Zwanzigsten die Zeche anschrieb, die dann jeweils zum Ultimo, dem Tag der Rentenzahlung, ausgeglichen wurde. Paul Stinsky gewann neue Zechkumpane und ein sicheres Gespür für die Besuche der Brauereivertreter, die nach altem

Brauch den Vertragsabschluß mit einer Lokalrunde zu krönen hatten.

Nur eins minderte die Lebensqualität im neuen Domizil: Vater Paul bekam von seiner Tochter keinen Hausschlüssel. Dora war der festen Meinung, im betrunkenen Zustand würde der Vater ihn verlieren. So blieb ihm bei nächtlicher Heimkehr nur der Eintritt über den Keller. Doch die steinerne Kellertreppe war steil, glatt und ausgetreten, selbst für nur leicht Angetrunkene war ein Sturz hin und wieder unvermeidbar.

Dora hielt einen Unfall für den natürlichen Abschluß dieser unliebsamen Wohngemeinschaft. An den Tagen, an denen sie wußte, daß ein Brauereivertreter in der Goldenen Kugel Lokalrunden schmiß, saß sie aufrecht im Bett und horchte auf Gepolter und Hilferuf. Denn der Anstand verlangte, daß man einen verunglückten Vater zu versorgen hatte.

Nach dem dritten Sturz mußte Paul Stinsky sich erst einmal erholen. Er fuhr nach Lübeck, um die feindliche Kellertreppe für eine Weile mit dem freundlichen Laufsteg zum Schuppen Null einzutauschen.

Dora nützte die Abwesenheit ihres Vaters, um alle vom Pfeifenqualm verräucherten Räume gründlich zu lüften und von Sitzmöbeln und Tischkanten die abgeluschten Priems abzukratzen.

Sie mußte die Rückkehr des Vaters verhindern, dieser Abschied sollte endgültig sein. Nur war sie zu feige, ihm das selbst zu schreiben.

Arthur mußte den Brief aufsetzen, bei der Begründung aber

das Unbehagen der Tochter verschweigen. »Schreibe doch einfach«, diktierte sie, »der Opa sei ein schlechtes Vorbild für unseren Sohn im jetzigen Alter, dessen lästigen Fragen man einfach nicht mehr ausweichen könnte.«

Das war selbstverständlich gelogen. Robert verstand sich recht gut mit seinem Großvater, der ihm heimlich schon mal in die Goldene Kugel mitnahm, ihm Malzbier spendierte und ihm zusammen mit einem Zechkumpan das Skatspielen beibrachte.

»Skat«, lehrte Opa Paul, und damit trat der ehemalige Oberfeldwebel und Rekrutenausbilder zutage, »ist eine Schulung für das Leben. Mit dem Skat-Blatt in der Hand erkennt man seine eigenen Stärken, und wie man sie einsetzt, um allein oder in Allianz seinen Gegner anzugreifen und zur Kapitulation zu zwingen. Ein junger Spieler fängt erst einmal als Führer eines Stoßtrupps an, verteilt seine Männer getarnt im Gelände und stürmt dann mit der Trumpfkarte die feindliche Stellung. Als erfahrener Spieler bist du später Kommandeur einer Division, positionierst die Farben deines Blatts von Kreuz bis Karo – die Panzer-Regimenter ... die Grenadier-Brigade ... die Artillerie-Batterien ... das Pionier-Bataillon nach einem strategischen Plan, beziehst deinen Feldherrnhügel und beobachtest, wie alles geplant abläuft. Für alle Fälle hast du dann ja noch deine vier Jungen – die unbesiegbare Garde. Siehst du, Robert, so einfach ist Skat. Am Schluß rechnest du die erbeuteten Trophäen gegen deine eigenen Verluste auf und holst dir vom Wirt den ausgesetzten Preis ab – die Gans oder den Truthahn.«

Später mußte Arthur sich Argumente ausdenken, um seinem

Sohn Skat als proletarisches Spiel auszureden, als nutzlosen Zeitvertreib betrunkener Kneipengänger.

Er besann sich seiner väterlichen Erziehungspflichten und lehrte Robert das Schachspiel. Akribisch erklärte er den die Felderreihen brutal abräumenden Turm, den flink anpirschenden Läufer, den hinterhältig hopsenden Springer, die Kampfmaschine Dame. »Alles, so scheint es, ist auf Angriff gedrillt, auf Zerstörung. Doch so spielen allenfalls Minister oder Feldherren feindlicher Nationen, der zivilisierte Spieler eines Kulturstaates schont seine Figuren und deckt sie, damit keiner ein Leid geschieht. Jeder noch so simple Bauer fordert seinen Schutz, ebenso wie der Angsthase König, der am Herzinfarkt kollabiert, wenn er eine Bedrohung auch nur spürt.« Der Vater demonstrierte seine Theorie praktisch am Brett und baute seinem Sohn eine gut verständliche Rochade zusammen. »Wir kommen nun zu einem wichtigen Zug, mit dem wir den verzagten König hinter einer Kette treuer Bauern verstecken und am seitlichen Ausgang den braven Turm als Leibwächter postieren.« Er räumte danach die Figuren in den Kasten zurück und schloß mit einer allgemeinen Belehrung: »Denke immer daran, mein Junge, Schachfiguren schiebt man leise über das Feld, man knallt sie nicht wie Skatkarten mit ordinären Sprüchen auf den Kneipentisch. Beim Schach wie auch im echten Leben gilt es nicht nur, sich siegreich zu verteidigen, sondern auch, aggressiv bolzende Gegner zu verachten und zu entlarven.« Er fügte einen weiteren Vergleich an, mit dem er jeglichen Sport als menschenverachtend tadelte. »Der Sportfanatiker spricht gern von

Ertüchtigung, aber es ist Erniedrigung! Vor allem das Ballspiel ist eine Kriegsfurie, denn allein schon der Ball ist eine Waffe – gleich ob er getreten, geschlagen oder geworfen wird.« Arthur empfahl seinem Sohn, genau hinzuhören, wenn ein Fußballspiel nach der Nationalhymne angepfiffen wird: »Weht da nicht deutlich über dem Rasen der Ehre frei nach Theodor Körners Gedicht aus Männer und Buben die schöne alte Reveille: ›Nun Volk steh' auf / Und Sturm brich los!‹« Arthur überlegte, einmal die pädagogische Schiene eingeschlagen, ob er seinem Sohn die Lebensregeln noch mit einem praktischen Beispiel verdeutlichen sollte. »Im Leben gilt es, den Bewegungskrieg zu meiden und sich im Stellungskrieg einen guten Platz zu sichern. Der Graben, hinter Sandsäcken verschanzt, das Schlachtfeld nur im Spiegel des Scherenfernrohrs rekognoszierend, bietet bessere Chancen als die Attacke, der sinnlose Ausfall aus sicherer Deckung. Das gilt für die berufliche Laufbahn, dringender noch für die Partnerwahl.«

Robert, der seine gesamte Gymnasialzeit im Graben Stellung bezogen und sich somit weder gute noch schlechte Noten erworben hatte, überkam der Leichtsinn, endlich einmal aus seiner Deckung auszubrechen.

In der Tanzstunde sprang er, ohne auf das Trommelfeuer eines Quickstep zu achten, über die Schanze der Sandsäcke und fragte spontan zwischen zwei Figuren seine seit langem feste Partnerin: »Was denkst du über einen Ausflug am Sonntag in die Bremische Schweiz?«

Lisa, ein ruhiges sechzehnjähriges Mädchen, hatte mit ihm

schon einmal im Schulturnier eines Abtanzballs den dritten Preis errungen. Doch so ein Ausflug war etwas anderes als ein sittsamer Tango oder ein übermütiger Foxtrott. Man würde für den ganzen Sonntag das dezente Tanzstundenkleid mit frivol kurzen Shorts tauschen ... sich auf einer langen Busfahrt im vis-à-vis in die Augen sehen oder sich vielleicht gar im Char-à-côté die Hände halten ... sich auf holprigem Wanderweg auf einen fremden Arm stützen ... auf einer Wiese liegen, eine unverschämte Hand auf nacktem Schenkel ... sich in einem Gartenlokal womöglich zu einem Kaffee einladen lassen ...

Eine derartige Kette von Intimitäten konnte Lisa sich nur vorstellen, wenn man echt verliebt war, und so stellte sie auf das Angebot des Sonntagsausflugs erst einmal eine Frage:

»Liebst du mich denn?«

Robert bereute seinen spontanen Ausfall, hätte er doch auf seinen Vater gehört, nun geriet er ungedeckt ins Fadenkreuz. Liebe, aus dem Milieu der mütterlichen Groschenromane herausgelöst, mit einer Tanzstundenpartnerin verbunden, das war doch wohl ein Aberwitz! Lisa und er boten sich gegenseitig keine Vorteile, kein erhöhtes gesellschaftliches Ansehen, nicht den geringsten Gewinn. Da durfte man nicht einmal auf unterster Ebene zwanzig Pfennig für eine Busfahrt und drei Groschen für eine Tasse Kaffee spendieren, gleich wurde einem Liebe unterstellt, und schwirrte aus der Ferne nicht das Wort Verlobung herbei?

Robert ließ sich mit der Antwort keine Zeit, und spontan entgegnete er: »Nein!«

Am Abend wollte sich Robert mit seinem Vater aussprechen, kam aber nicht über die Frage hinaus, ob er mit Lisa Schluß machen sollte. »Findest du nicht, Papa, unsere Familie kann sich doch nicht immer so weiter fortpflanzen? Irgendwann muß doch einmal ein Ende gefunden werden?«

Arthur ging auf die Frage nicht ein, er unterbrach seinen Sohn: »Ich habe hier einen Brief aus Flensburg bekommen, Großvater Frose ist gestorben.«

»Ein knappes Jahr hatte er im Bett gelegen, dann war er am 1. Juni aufgestanden und hatte behauptet, er müsse zum Betriebsausflug, seinen beiden Damen in der Schlachterei hätte er – wie jedes Jahr im Juni – eine Förde-Rundfahrt versprochen. Natürlich bildete Vater sich das nur ein«, schrieb Christine ihrem Enkel nach Bremen, »das einstige Personal hatte sich längst zerstreut, die Marktfrau war längst verstorben, und die Verkäuferin ist mit einem dänischen Reiseleiter verheiratet und organisiert mit ihm Butterfahrten über Fehmarn zur dänischen Insel Låland. Aber auch unter anderen Umständen hätten die beiden Damen gut auf den spendierten Likör verzichten können, wie auch auf das Tanzvergnügen. Vater ließ sich nicht belehren, er machte seinen Betriebsausflug allein, spendierte fremden Damen Bommerlunder, tanzte und tanzte. Bei einem vierten Walzer erlitt er einen Schlaganfall und fiel um. Die Küstenwache brachte ihn an Land, auf dem Transport verstarb er, der Notarzt konnte nichts mehr für ihn tun.«

Arthur faltete den Brief und erklärte, er müsse zur Beisetzung. »Und du, Robert, solltest mich begleiten, auf dieser Reise lernst du denn gleich den Ursprung der Familie kennen. Meine Großmutter Christine, deine Urgroßmutter also, wird dir gefallen. Und in der Unterhaltung mit ihr löst du dann auch die Frage, ob das Techtelmechtel mit deiner Lisa eine Zukunft hat oder nicht.«

XXII. Nur am Anfang war es vielleicht Liebe

Vater und Sohn reisten mit der Bahn, stiegen in Hamburg um und nahmen dann den Zug über Rendsburg und Schleswig in Richtung Jütland. In Flensburg holte sie Arthurs Vater Erik vom Bahnhof ab und ließ es sich nicht nehmen, das Gepäck seiner beiden Gäste zu tragen.

»Ihr müßt leider im Hotel wohnen, das frühere Kinderzimmer haben wir der alten Christine überlassen. Es war doch wohl unsere Pflicht, die verwitwete Großmutter zu uns zu nehmen.«

Er habe bei Brinkmeier in der Rathausstraße ein schönes Zimmer reservieren lassen, kündigte Erik an, der Besitzer sei ein früherer Kunde der Schlachterei Frose: »Er machte mir einen Sonderpreis aus alter Freundschaft zur Familie. Ihr werdet dort sehr zufrieden sein.«

»Um uns mache dir mal keine Sorge, Vater«, entgegnete Arthur, »ich denke nur an Großmutter in ihrem Domizil, der

Raum ist doch viel zu kalt. Ich habe als Kind in meinem Zimmer immer gefroren.«

»Aber das Zimmer ist doch hell und hat breite Fenster mit Ausblick«, meinte Erik.

»Ausblick, ja«, entsetzte sich Arthur, »Ausblick auf den Hof, auf die Mülltonnen und die Reihe der Klohäuschen. Ich habe aus meiner Kindheit heute noch das Gekreische der Ratten im Ohr.«

»Das hört Oma Christine nicht«, unterbrach ihn Erik, ihr Papagei übertöne alles.

»Die alte Madame Blanche gibt es also noch«, staunte Arthur. Seinem Sohn Robert erklärte er, der Vogel sei das Abschiedsgeschenk einer ersten Liebschaft mit einem hohen österreichischen Offizier. »Die Affäre geht zurück auf die Tage nach dem Dänischen Krieg von 1864. Aber das erzählt dir die Urgroßmutter später selber. Sie erzählt es gern.«

Zurück im Elternhaus in der Norderstraße hatte die Mutter Agnes bereits den Kaffeetisch gedeckt, doch Arthur, gefolgt von seinem Sohn, durchschritt ohne Zögern die Wohnung, um erst einmal die Großmutter zu begrüßen. Er stellte ihr Robert vor.

Christine umarmte ihren Urenkel und tastete ihn ab. »Du hast ja noch zwei Arme und beide Beine«, staunte sie, »also hat es offensichtlich inzwischen keinen weiteren Krieg gegeben.«

In diesem Augenblick trat Vater Erik in den Raum und bekam die defätistischen Worte seiner Schwiegermutter mit. »Unsere neue Reichsregierung mit einem Friedenskanzler an der

Spitze«, berichtigte er, »hat dem deutschen Volk eine friedliche Zukunft versprochen.«

Christine ließ ihren Schwiegersohn kaum zu Ende sprechen, laut tönte sie dazwischen: »Glövst dat?«

Arthur glaubte es nicht, und er meinte, seinen Sohn aufklären zu müssen: »Diese ständige Ungläubigkeit habe ich schon seit meiner Kindheit an Großmutter bewundert, und diese Haltung hat sie uns allen vererbt, zunächst mir, letztendlich aber auch dir, ihrem Urenkel. Und somit hilft diese dir gewiß auch, das Problem mit deiner Lisa zu lösen.«

Nun entschuldigte sich die Großmutter, ihrem Enkel das Kinderzimmer weggenommen zu haben. »Deine Eltern haben es uns beiden zugewiesen – dem Papagei und mir.«

Arthur ging zum Fenster. »Ja«, meinte er, »schön hell ist der Raum wohl, doch auch laut. Stört dich nicht das Kreischen der Ratten unten rund um die Klohäuschen?«

»Nein. Störend verhalten sich nur einige Mieter, die die Tiere lautstark mit Schaufeln verjagten. Die Ratten sind Säugetiere wie wir, was können sie dafür, daß sie ihren Lebensraum mit den Menschen teilen müssen?« Christine öffnete die Tür des Vogelbauers und streckte den Unterarm aus. Der Papagei lugte heraus, flatterte ein wenig und ließ sich auf dem Handgelenk nieder. »Siehst du«, sprach Christine ihn an, »das ist mein Urenkel Robert, meinen Enkel Arthur kennst du ja schon. Sage Guten Tag, aber auf deutsch.« Das Tier krächzte unverständlich. »Nun, denn eben auf Dänisch God Dag.« Der Vogel wiederholte das Krächzen, es zeigte keinen Unterschied.

Robert wagte sich nahe an den Papagei heran, dabei fiel sein Blick auf die Hand der Urgroßmutter. Verwundert wandte er sich an seinen Vater: »Mutter erzählte einmal, jedes Mal, wenn ein Mensch lüge, bilde sich auf seinen Fingernägeln ein brauner Fleck.«

Arthur ahnte, worauf sein Sohn hinaus wollte: »Das war so ein Ratgeber-Geschwätz aus einer von Mutters Hausfrauen-Postillen.«

Robert überhörte es und bohrte weiter: »Wieso offenbaren Omas Fingernägel so viele Lügen?« Der Vater wollte seinen Sohn zurechtweisen, aber Christine fuhr schnell dazwischen: »In einem langen Leben vermehren sich die Lügen wie die Bazillen in den Organen des Kranken. Nur eben, daß die Bazillen zerstören, die Lügen aber mit den Menschen Freundschaft schließen.«

Christine machte es sich in ihrem Sessel bequem und sammelte sich für eine längere Erzählung. »Meine erste große Lüge wurde zum besten Freund meines Lebens.«

Nun folgte die Liebesgeschichte von der Kaltmamsell Christine Kröger im Austernkeller und dem österreichischen Erzherzog aus der Besatzungszeit. »Er war nicht gerade eine Schönheit, aber diese Augen! Er hatte so traurige Augen. Immer, wenn mein Papagei und ich uns anblicken, sehe ich noch heute die Augen dieses Mannes aus der Fremde. Er hatte ein Schloß bei Salzburg, sein Bruder, übrigens, war der Kaiser von Österreich.«

Robert staunte zunächst. Doch ihm fiel auf, daß sein Vater so komisch lächelte. Da wußte Robert – auch das war eine Lüge.

Christine hingegen glaubte, den Übergang zur Gegenwart hergestellt zu haben. »Wenn wir übermorgen zur Beisetzung auf den Friedhof gehen, müßt ihr wissen, daß der verstorbene Schlachtermeister Eduard Frose nicht euer Groß- und Urgroßvater war. Meine Agnes war das Kind meiner ersten Liebe mit diesem Mann, der noch nicht einmal die Geburt abgewartet hatte. Nun, er hatte Verpflichtungen am Kaiserlichen Hof, jeder weitere Tag in Flensburg war ein verlorener Tag für die Monarchie.« Von dem Adelstitel hätte die Kaltmamsell Kröger damals nichts gewußt. »Für mich war er Victor, ein feiner Herr im Austernkeller, dem ich meine lukullischen Spezialitäten anpries, bevor ich dann in meiner Wohnung an ihm die Flensburger Narkose erprobte, unseren historisch berühmten Rum.« Christine wandte sich dem Papagei zu, der auf ihrem Unterarm hockend, die Offenlegung still mit angehört hatte: »So, ma Blanche, jetzt kennt die Familie auch unser Geheimnis und ihren Ahnherrn. Glaubst du, das wird sie verändern?«

Der Vogel überlegte nicht lange, dann krächzte er kurz.

Christine übersetzte: »Unser Freund glaubt, diese Geschichte ginge an euch geradewegs vorbei.«

Inzwischen hatte Mutter Agnes das Abendbrot bereitet und rief alle zu Tisch. Sie hatte es sich mit der Zubereitung eines Smørrebrød-Tellers einfach gemacht, und Vater Erik konnte sich, ohne sich sonderlich auf das Essen konzentrieren zu müssen, auf die Unterhaltung der Familie vorbereiten. Er vermutete, daß seine Schwiegermutter inzwischen Sohn und Enkelsohn mit allerhand Unsinn eingedeckt hatte, da mußte er nun das Gespräch an sich reißen, um die Stimmung wieder ins Normale zu lenken. »Ich möchte euch einen Witz erzählen«, begann er, jetzt, wo Großvater Eduard nicht mehr unter uns weilt, könne er ihn endlich loswerden. »Es ist nämlich ein Witz, der läßt sich nur auf dänisch erzählen.«

Erik verließ die Tafel, ging zum Rauchtisch hinüber und ließ sich in seinen Lieblingssessel fallen. »Versetzt euch in eine Szene auf der vaerft zu København«, und beiseite gesprochen zu seinem Enkel: »... auf der Werft in Kopenhagen.« Er zündete sich eine Zigarre an, vergewisserte sich, daß alle zuhörten und begann, umständlich erzählt, auf dänisch eine lange Geschichte, die niemand außer Christine und Arthur verstand. Zum Schluß machte er eine kurze Pause, legte die Hände gleich einem Sprachrohr an den Mund und trompetete in die Runde: »Fœrdig!«

Bevor sich jemand beschweren konnte, ergriff sein Sohn das Wort. »Aber Vater«, sagte Arthur, »das ist doch keine Geschichte aus Kopenhagen, die sich nur auf dänisch erzählen läßt, ich kenne den Witz von der Kaiserlichen Waaft in Kiel auf deutsch, und er geht ganz einfach.«

Arthur lehnte sich zurück, guckte in die Runde, ob alle ganz Ohr waren, und begann: »Auf dem Trockendock in Kiel liegt die kaiserliche Yacht SMS Victoria. An der oberen Bordwand hat der Schweißer gerade seine letzte Platte repariert, prüft, ob sie fest sitzt und ruft nun hinunter zu seinem Meister: ›Faddig!‹ Worauf erzürnt von unten die laute Antwort kommt: ›Wat heest hier Faddig? Wenn ick sach Faddig, dann is Faddig!‹«

Arthur legte die Hände als Sprachrohr an den Mund und donnerte über den Tisch, einen erbosten kaiserlichen Werftmeister imitierend: »Faddig!«

Die Reaktion der Familie war bei der deutschen Fassung dieselbe wie bei der dänischen, niemand lachte.

Nur Robert, der den Witz zwar dümmlich fand, jedoch zeigen wollte, daß sein Vater sich nicht blamiert hatte, schmunzelte.

Nun lächelte auch Christine, um ihrem Enkel ihre Zuneigung zu zeigen.

Agnes befürchtete, ihre dominierende Stellung als Hausherrin zu verlieren. »Wat sitt he dor mitter Nees vorm Tisch?« rief sie in die Runde, hob die Platte mit ihrem Smørrebrød an, reichte sie herum, wies auf die Kanapees mit dem teuren jütländischen Schinken hin und flötete: »Lacht mein Schinken euch nicht förmlich an?«

Nun lachten alle, und sie wunderten sich zugleich darüber, denn keiner wußte so recht, warum er eigentlich lachte.

Nach dem Abendessen glaubte Arthur, seinem Sohn die Familie zur Genüge vorgestellt zu haben. Er mahnte Robert zum Aufbruch und entschuldigte sich bei seinen Eltern: »Vater hat uns bei Brinkmeier ein so schönes Zimmer reservieren lassen, das wollen wir nun aber auch nutzen.«

Auf die Frage der Mutter, ob die beiden noch etwas brauchten, erwiderte Arthur: »Wir haben Zimmerservice, es wäre Sünde, ihn nicht zu nutzen.«

Später im Hotel bestellte Arthur zwei Flaschen dänisches

Tuborg-Bier und ein Fläschchen Flensburger Rum. »Damit sind wir hier an der Grenze ganz international«, meinte der Vater und machte es sich in den Sesseln der Sitzecke unter einer Panorama-Aufnahme der Flensburger Förde bequem. Die Förde war in ihrer vollen Länge mit beiden Ufern von der Flensburger Mole bis zum Feuerschiff außen dargestellt – das südliche Ufer mit Badestränden und Hotels, das nördliche mit den Erinnerungen an den Krieg, den zu vergessen niemandem erlaubt war.

»Da hat uns Oma ja einen ganz schönen Schmachtfetzen aufgetischt«, begann Robert die Familienkritik, »Wir, die Nachkommen eines Erzherzogs ... unser Onkel, ein Kaiser? Das ist ja ein Kitsch.«

Arthur war gewillt, das zu bestätigen. Er holte weit aus: »Mein Junge, spielt im wirklichen Leben Liebe ein Rolle – echt oder verlogen – ist es nun einmal Kitsch.« Er suchte nach Beispielen: »Ich erzählte dir doch schon einmal von meiner Schwester Ellen, deiner Tante, die du nie kennen gelernt hast. Sie war nicht hübsch und hatte kaum Erfolge bei Jungen. Da schneiderte ihr meine Mutter ein weißes Kleid. Das wurde zu einer Katastrophe, doch es brachte Ellen einen Verehrer ein. Der stand auf schlechte Garderobe, Ellen hielt es für Liebe. Wie es weiter ging, konnte man sich kitschiger kaum vorstellen. Der Verehrer verführte die Schülerin im Sand einer Badestelle. Im Anschluß spendierte er ihr was. Ellen hielt das für Liebe. Wie ein Gentleman übernahm er später die Kosten für die Abtreibung. Die überlebte meine Schwester nicht.« Arthur legte väterlich den Arm auf Roberts Schulter. »Laß dich von dem traurigen Ende nicht betrüben, mein Junge, es war und bleibt eine echte Liebesgeschichte. Oder willst du noch eine andere hören? Aber die kennst du ja, die Erzählung deiner Tante Anita. Anita erhoffte sich bauchtanzend eine Karriere auf den Brettern der Legions-Kaschemmen, legte verliebt den Kopf auf Brust und Schulter mal des einen, mal des anderen chargierten Legionärs. Und warf sie sich an den Hals einer Charge, zählte sie an der Uniform die verliehenen Sterne, wie andere naive Mädchen die am Himmelsfirmament. Du deutest den Griff nach den Sternen vielleicht als Berechnung, aber stelle dir mal die Frage: Ist nicht jede Liebe mehr oder weniger Berechnung?« Während Robert darüber nachdachte, fuhr sein Vater fort: »Oft verbergen Liebende ihr kaltes Berechnen und tarnen es mit Romantik – immer aber geht es daneben. Es ist wie bei einer Wattwanderung bei Ebbe. Eben noch kräuselte sich harmlos das Wasser in den Prielen, plötzlich verbreiterten sich die Wasseradern, aus Bächen werden Flüßchen, letzte Wattinseln werden überflutet von einem See, der aus dem Nichts entsteht. Blickte der Wanderer jetzt noch vernarrt über sein geliebtes Wattenmeer, war er verloren.« Arthur spürte, daß dieser Vergleich reichen mußte, um nun die Liebesgeschichte der Eltern seinem Sohn zu verdeutlichen. »Mutter wollte aus der Enge des Vaterhauses hinaus tanzen, auf dem Parkett überkam sie ein Gefühl, das sie für Liebe hielt, sie schloß auch ihren Tanzpartner ein, eine romantische Begegnung mit einem schmucken Oberjäger auf Urlaub. Die Zeit war knapp, sie reichte gerade für eine Verlobung und für den kaum Minuten dauernden Traum einer ewigen Liebe. Der

Soldat fuhr wieder an die Front in einem laut fröhlichen Truppentransport, zurück kam er in einem stillen Lazarettzug. Humpelnd und auf Krücken kehrte zurück, was Mutter für Liebe gehalten hatte. Aus war es mit dem Tanz in alle Ewigkeit, aus wäre es mit der Liebe gewesen, wenn es sie je gegeben hatte. Da war das sanft gekräuselte Wasser in den Prielen des Watts, der Boden unter den Tanzschuhen, die Wellen, die fern herangrollten. Doch Mutter nahm die drohende Flut nicht ernst, sie tanzte weiter, weiter auf – wie sie glaubte – für alle Ewigkeit festem Boden.«

Jetzt dachte Robert wieder an sein eigenes Problem. Lisa war kaum sechzehn, wie konnte sie den diffusen Begriff Liebe von der kaum spürbaren Tanzhaltung trennen? Und erst von einem brav sonntäglichen Spaziergang an der Lesum?

Arthur spürte, was in seinem Sohn vorging und fuhr fort: »Deine Lisa ist knapp sechzehn, sie weiß nicht, wie die ewige Liebe auf Krücken mit ihr durch ein ganzes Leben hinken kann. Sie weiß nicht, daß die Liebe selbst doch auch nur ein Krüppel ist.«

Arthur merkte jetzt, daß er unversehens auf das unsichere Terrain der Realität geraten war, aber da fragte schon sein Sohn: »Aber wieso ist Uroma immer noch berauscht von ihrer einstigen großen Liebe?«

Der Vater brauchte nicht lange nachzudenken, schnell fiel ihm die Antwort ein: »Sie hatte ihr Leben mitsamt der Liebe unter Lügen verschüttet, da blieb am Ende nichts mehr außer den traurigen Augen dieses Phantoms.«

Robert war verwirrt. »Da wird der Kitschroman ja zur Gespenstergeschichte.«

Sein Vater gönnte sich, berauscht von seinen Erkenntnissen, ein Schlückchen Rum: »Kitsch und Selbstbetrug wuchern im selben Kräutergarten. Stampft sie ein Alchemist im Mörser zusammen, ergeht es ihm ähnlich wie dem Mönch Berthold Schwarz mit seinen Versuchen, Pulver zu produzieren: Liebe wollte er künstlich herstellen, aber das Pulver, das herauskam, gab nicht mal einen Knall, es zerkrümelte zwischen den Fingern.«

Jetzt hatte Robert seine Antwort und war beruhigt. Er sah die Beziehung zu seiner Lisa, wie sie zu Pulver zerkrümelte, bevor sich so etwas wie Liebe entwickeln konnte.

Beim nächsten Besuch in der Norderstraße erbat sich Robert eine etwas präzisere Auskunft der Urgroßmutter. Dem Wunsch kam Christine gern nach und begann wieder von vorn: »Er hatte so traurige Augen«

»Ja, und dann, Uroma?«

»Dann servierte ich ihm von meinem Buffet«

»Ja, und dann?«

»Auch die Getränke, am Ende den Flensburger Rum.«

»Und dann?«

»Dann vergingen Wochen, und erst nach geraumer Zeit kam mit einem maritimen Boten der Papagei als Postillion d'Amour.«

»Und was sagte dir die Liebesbotschaft, Urgroßmutter?«

Christine würgte an einem Kloß im Hals, ihre Stimme versagte. So wandte sie sich an den Papagei: »Sag du es, ma Blanche, bitte!«

Der Vogel hatte all die Jahre seinen Text nicht vergessen, froh, ihn wieder einmal aufsagen zu können, füllte er den Raum mit schrillem Krächzen: »Dank für den Liebesdienst.«

In die Stille danach fiel der Kommentar des Vaters, Arthur durfte nicht schweigen, wenn sein Sohn im Kitsch zu ersticken drohte. Er legte Robert den Arm auf die Schulter: »Du hörst es, mein Junge, die Liebe – nichts weiter als ein Krächzen.«

VERBRECHER VERLAG

Rudolf Lorenzen

PARADIES ZWISCHEN DEN FRONTEN

Reportagen und Glossen aus Berlin (West)

240 Seiten
Broschur
12 € (24 SFr)

ISBN: 978-3-940426-29-1

Heute lesen wir wieder vermehrt von Berlin (West), wie die »Insel« hieß, die Frontstadt inmitten der DDR. Und es gibt auch wieder eine Sehnsucht nach der alten Zeit, in der Berlin (West) ein bleibendes Provisorium war. Eine Teilstadt mit vielen, durch die Weltpolitik bedingten Ausnahmefällen, in der sich Künstler, Musiker und Schriftsteller tummelten, die glitzerte und glänzte, und doch eng war wie ein Dorf. Sie wurde Engländern, Amerikanern und Franzosen eine zweite Heimat und blieb doch auch piefig, bekam Geld und hatte doch keins. Rudolf Lorenzen, der für diverse Zeitungen als »Boulevardier« durch die Stadt flanierte, ließ sich von der Frontstadtpanik nicht anstecken, wohl aber von der Euphorie der Künstler. In diesen erstmals in Buchform versammelten Reportagen und Glossen genießt man einen unverstellten Blick auf jenen Teil Berlins, der vor zwanzig Jahren verschwand.

Wer etwas über das Selbstverständnis von West-Berlin, das dort herrschende Lebensgefühl und die Themen erfahren möchte, die die Stadt in den späten sechziger und frühen siebziger Jahren bewegten, der sollte zu den Reportagen und Glossen von Rudolf Lorenzen greifen.
Kai Agthe / Thüringische Landeszeitung

Verbrecher Verlag | Gneisenaustraße 2a | 10961 Berlin | info@verbrecherei.de
www.verbrecherei.de

VERBRECHER VERLAG

Rudolf Lorenzen

DIE BEUTELSCHNEIDER

Roman

416 Seiten
Hardcover
24 € / 50 SFr

ISBN: 978-3-935843-93-5

Der zynische Werbetexter Bruno Sawatzki arbeitet in der kleinen Agentur des Parvenüs Gottfried Kockel. Während dieser nach außen den stets besorgten, äußerst ehrenhaften Bürger spielt, betrügt er gemeinsam mit seiner Gattin und mithilfe eines bestochenen Angestellten seinen wichtigsten Auftraggeber, den Schmelzstoff-Verband. Doch in dessen Vorstand ist man unzufrieden mit der Arbeit Kockels, man will neue, ungewöhnlichere Werbeideen. Daher soll der Konstanzer Großdichter Bodo Redwanz in die Agenturarbeit eingespannt werden ... »Die Beutelschneider« ist ein Roman über Kleinbürger, deren Großmannssucht unstillbar ist, über das Leben in den Kleinstädten und vor allem über die verlogene Welt der Werber, der Grafiker und der Sekretärinnen. 45 Jahre nach seiner Erstveröffentlichung ist diese hellsichtige Satire, die den damaligen Lesern als viel zu scharf erschien, nun erstmals wieder zugänglich.

»Ein großer zeitgenössischer Autor.«
Florian Felix Weyh im Deutschlandfunk.

Verbrecher Verlag | Gneisenaustraße 2a | 10961 Berlin | info@verbrecherei.de

www.verbrecherei.de

VERBRECHER VERLAG

Rudolf Lorenzen

BAD WALDEN

Oder El sueño de la razon produce monstruos

Roman

240 Seiten
Hardcover
22,90 €

ISBN: 978-3-940426-13-0

Der Kunsthistoriker Claus Jordan führt gemeinsam mit Margret Lambertsen ein renommiertes Antiquitätengeschäft in Frankfurt/M. Jordan, labil, manisch-depressiv, ständig auf der Flucht in die Vergangenheit, kann sich der realen Welt nur zwischen zwei resoluten Frauen stellen, seiner Teilhaberin Margret und seiner jüngeren Ehefrau Susanne, einst Lehrling im Laden »Lambertsen & Jordan«. Auf der Rückfahrt von einer Einkaufsreise in die Provence gerät das Ehepaar Jordan in die obskure Gesellschaft von Grundstücksspekulanten im Kurort Bad Walden. Unter ihnen der Redakteur Uwe Hinz, der den weltfremden Jordan erpressen will. Also täuscht er zusammen mit seiner Verlobten Christa einen Mord vor. Jordan, ohnehin in der Angst vor ständiger Verfolgung, fühlt sich schuldig …

Für diese Neuveröffentlichung im Rahmen der Rudolf-Lorenzen-Werkausgabe hat der Autor seinen Roman radikal umgearbeitet. Die Bedrohung ist nun allgegenwärtig.

Rudolf Lorenzen wurde 1922 in Lübeck geboren und wuchs in Bremen auf. Seit 1955 lebt er als freier Schriftsteller in Berlin.

VERBRECHER VERLAG

Rudolf Lorenzen

PARADIES ZWISCHEN DEN FRONTEN

Reportagen und Glossen aus Berlin (West)

240 Seiten
Broschur
12 € (24 SFr)

ISBN: 978-3-940426-29-1

Heute lesen wir wieder vermehrt von Berlin (West), wie die »Insel« hieß, die Frontstadt inmitten der DDR. Und es gibt auch wieder eine Sehnsucht nach der alten Zeit, in der Berlin (West) ein bleibendes Provisorium war. Eine Teilstadt mit vielen, durch die Weltpolitik bedingten Ausnahmefällen, in der sich Künstler, Musiker und Schriftsteller tummelten, die glitzerte und glänzte, und doch eng war wie ein Dorf. Sie wurde Engländern, Amerikanern und Franzosen eine zweite Heimat und blieb doch auch piefig, bekam Geld und hatte doch keins. Rudolf Lorenzen, der für diverse Zeitungen als »Boulevardier« durch die Stadt flanierte, ließ sich von der Frontstadtpanik nicht anstecken, wohl aber von der Euphorie der Künstler. In diesen erstmals in Buchform versammelten Reportagen und Glossen genießt man einen unverstellten Blick auf jenen Teil Berlins, der vor zwanzig Jahren verschwand.

Wer etwas über das Selbstverständnis von West-Berlin, das dort herrschende Lebensgefühl und die Themen erfahren möchte, die die Stadt in den späten sechziger und frühen siebziger Jahren bewegten, der sollte zu den Reportagen und Glossen von Rudolf Lorenzen greifen.
Kai Agthe / Thüringische Landeszeitung

Verbrecher Verlag | Gneisenaustraße 2a | 10961 Berlin | info@verbrecherei.de
www.verbrecherei.de

VERBRECHER VERLAG

Rudolf Lorenzen

RHYTHMEN, DIE DIE WELT BEWEGTEN

Geschichten zur Tanz- und Unterhaltungsmusik 1800 bis 1950

448 Seiten
Hardcover
28 €

ISBN: 978-3-940426-28-4

Die Geschichte unserer Hörgewohnheiten wird neu aufgerollt, und es zeigt sich: Schon 1890 gab es eine aufgeregte Popmusikwelt! Rudolf Lorenzen bietet in seinem Buch eine unterhaltsame Tanzgeschichte in Tanzgeschichten. Der Walzer, der Tango, die Polka und sogar der Marsch werden besprochen, ihre Entwicklung wird nachgezeichnet, ebenso wie die Reaktion der Menschen auf die neuen Tänze und Musikstücke. So werden Lieder Mode: »Ernst Décsey entdeckt im Walzer eine Philosophie. Sie ist kurz und besteht nur aus drei Wörtern: ›Heut' ist heut'! Der Walzer ist zur Kürze verurteilt. Theodor Fontane schreibt: ›Etwas Hübsches, diese Walzer, sie machen ein Dutzend Menschen für eine Stunde glücklich.‹ Und doch: In die Kürze seines flüchtigen Lebens legt der Walzer auch einen Hauch von Weltschmerz. So wandert er durch Europa. Oft verweilt er und nennt sich Valse mélancolique, sentimentale, élégiaque und oubliée – vergessener Walzer.« Lorenzen, der schon etliche Hörstücke und Filme zum Thema verfasst hat, erweist sich in diesem Buch erneut als intimer Kenner der Materie.

Verbrecher Verlag | Gneisenaustraße 2a | 10961 Berlin | info@verbrecherei.de

www.verbrecherei.de

VERBRECHER VERLAG

Rudolf Lorenzen

KEIN SOLL MEHR UND KEIN HABEN

Erzählungen

276 Seiten
Broschur
13 € / 24 SFr

ISBN: 978-3-935843-83-6

Rudolf Lorenzen begann seine schriftstellerische Tätigkeit 1955, zunächst als Mitarbeiter bei Tageszeitungen, Periodika und Rundfunk. Er schrieb Feuilletons, Satiren, Essays und Reportagen, vorrangig jedoch Kurzgeschichten und Erzählungen. Nebenher begann er mit der Arbeit an Romanen (u.a. »Alles andere als ein Held« und »Cake Walk«), Hörspielen, Spielfilmen und Fernsehdokumentationen. Ab Mitte der 80er Jahre stellte eine nach der anderen Redaktion die Veröffentlichung von erzählender Prosa ein, und der Autor musste auf die Produktion von Erzählungen und Feuilletons verzichten. Heute, nach 50 Jahren, stellt »Kein Soll mehr und kein Haben« eine Auswahl der Erzählungen aus dem Zeitraum von 1955 bis 1980 vor. Friedmar Apel nannte Lorenzen in der FAZ einen Erzähler »von europäischem Rang«.

Verbrecher Verlag | Gneisenaustraße 2a | 10961 Berlin | info@verbrecherei.de

www.verbrecherei.de

VERBRECHER VERLAG

Egon Neuhaus

SPINNEWIPP

Autobiographischer Roman

Originalausgabe

200 Seiten
Broschur
13 €

ISBN: 978-3-940426-01-7

»Als ich am 25. Juni 1922 in der westfälischen Fabrikstadt Lüdenscheid das gebrochene Licht in einem Mietshaus erblickte, war's gerade rot auf dem Kalenderblock.« Der kleine Egon Neuhaus ist ein Sonntagskind. Und sehr dünn, ein »Spinnewipp«, ein Spinnweben. Bald geht die Ehe der Eltern in die Brüche, das Kind wird zur Großmutter gegeben. 1933 stirbt die Oma, und der »Spinnewipp« kommt ins Heim. Spätestens dort entdeckt er seinen rebellischen Geist. Er wird bald zur Landarbeit gezwungen, reißt aus, erlebt die erste Hälfte des »Dritten Reichs« hauptsächlich in Erziehungsanstalten, den zweiten Teil überlebt er knapp in der Wehrmacht. 1945 gerät er in russische Gefangenschaft, 1947 kehrt er heim. Da er keine Arbeit findet, schlägt er sich als Schmuggler, auf dem Bau und später als »Goldgräbern« als Schrottsammler durch. Er wohnt in Dortmund in einem ehemaligen Luftschutzbunker, von den Bewohnern ironisch das »Paradies« genannt. Nebenher beginnt er zu zeichnen. Nach der Währungsreform schließlich verlässt Neuhaus den Bunker und die Schrottplätze, um in München ein neues Leben zu suchen.

»Spinnewipp« ist nicht einfach eine Autobiographie, sondern ein eminent komischer, mitunter einen derben Ton pflegender Roman, der das eben all jener schildert, die unter den Nazis, im Krieg und im Nachkrieg ganz unten waren. Dabei wird nichts beschönigt und nichts verschwiegen. Ein beeindruckendes Dokument.

VERBRECHER VERLAG

Chaim Noll

FEUER

Roman

384 Seiten
Hardcover
24 €

ISBN: 978-3-940426-64-2

Chaim Nolls neuester Roman beschreibt eine Gruppe verschiedener Menschen, die nach einer Katastrophe zusammenfindet. Sie werden durch das Unglück nicht zusammengeschweißt – es gibt Missgunst, Hinterhältigkeiten, Drohungen. Dennoch müssen sie sich gemeinsam auf den Weg machen, um aus dem Katastrophengebiet herauszukommen, Rettung scheint nicht in Sicht, die Medien schweigen …
Ungemein spannend schildert Chaim Noll den Weg dieser Gruppe durch eine Gefahrenzone, zugleich bietet ihm das Thema die Möglichkeit, unsere heutige Medienwelt und das Miteinander der Menschen zu hinterfragen. »Feuer« ist ein ebenso kluger wie mitreißender Roman, den die Leserinnen und Leser so schnell nicht wieder aus der Hand legen werden.

Verbrecher Verlag | Gneisenaustraße 2a | 10961 Berlin | info@verbrecherei.de
www.verbrecherei.de

VERBRECHER VERLAG

Gisela Elsner

OTTO, DER GROSSAKTIONÄR

Roman

Herausgegeben nach der Typoskriptfassung letzter Hand von Christine Künzel

Originalausgabe
176 Seiten
Broschur
14 €

ISBN: 978-3-940426-09-3

»Otto, der Großaktionär« entstand in den Achtzigerjahren und wurde komplett fertiggestellt, ist jedoch zu ihren Lebzeiten nie erschienen. Die Figur »Otto, der Großaktionär«, eine Randfigur in Elsners Roman »Das Windei« von 1987, erhält hier ein eigenes Leben: Da er einige wenige Aktien an der Chemiefirma hält, in der er bei Tierversuchen zuarbeitet, glaubt Otto Rölz, ein älterer Arbeiter, es könne ihm nichts passieren. Doch schon bald reicht das Geld nicht mehr, und um den Lebensstandart halten zu können, muss er sich nebenbei selbst lebensgefährlichen Medikamentenversuchen aussetzen. Doch selbst das verhindert nicht, dass er bald die erste seiner wenigen Aktien verkaufen muss …
»Otto, der Großaktionär« ist schon insofern eine Rarität, als dass sich Elsner hier erstmals mit der Lebenswelt der Arbeiter auseinandergesetzt hat. Und bedeutend ist diese Satire gerade jetzt, da »Volksaktien« Wohlstand für alle versprechen, die Teilhabe am Unternehmen aber nicht vor der Entlassung schützt. In ihrem Nachwort ordnet die Herausgeberin Christine Künzel den Text in Elsners Werk und in die Gegenwartsliteratur ein.

»Das Buch ist plakativ, satirisch, witzig, dabei aber doch psychologisch differenziert und voll unerbittlicher Beobachtungen.« Angelika Overrath in der NZZ über »Otto der Großaktionär«.